엄마의 반란

갈라 드레스
뉴잉글랜드 수녀
엇나간 선행

차례

엄마의 반란

The Revolt of 'Mother'

"여보!"

"뭐?"

"저 사람들 뜰을 왜 파는 거예요?"

나이 지긋한 남자의 얼굴에 불쾌한 기색이 역력했다. 남자는 입을 꾹 다물고 하던 일을 계속했다. 말을 마구에 연결하고는 말 가슴걸이를 홱 잡아챘다.

"여보!"

남자는 말 등에 얹힌 안장을 손바닥으로 철썩 내리쳤다.

"여보, 여기 좀 봐요. 저 사람들 들판에 파고 있는 게 뭐냐고요, 말해 봐요, 알아야겠어요."

"당신은 안에 들어가서 당신 일이나 신경 써." 남자가 으르렁대며 알아듣지 못할 말을 쏟아냈다.

그러나 여자는 다 알아들었다. 몇 십 년을 한결같이 들어오던 말이니까. "저 사람들이 뭘 하는지 말해주기 전에는 집에 들어가지 않을 거예요."

여자는 서서 대답을 기다렸다. 여자는 키도 덩치도 작았지만, 갈색 면 치마를 입은 허리는 꼿꼿했다. 구불거리는 머리 군데군데가 희끗했고, 이마는 볼록해서 전체적으로 부드럽고 온화한 인상을 풍겼다. 코와 입으로 이어지는 선은 순해 보였지만, 남자에게 고정된 눈에서는 결코 다른 사람이 아닌 자신의 의지대로 살려는 기개가 엿보였다.

그들은 활짝 열린 헛간 문 앞에 서 있었다. 무성한 풀과 보이지 않는 꽃들의 내음이 따뜻한 봄기운에 실려 피부에 와닿았다. 앞쪽 깊은 마당에는 농장 마차와 나무 더미가 흩어져 있었고, 담장과 집 가장자리에는 신록이 푸르렀으며, 민들레도 간간이 피어 있었다.

나이 든 남자는 마구의 마지막 버클을 조이며 계속 아내를 곁눈질했다. 아내는 오랜 세월 블랙베리 덩굴을 매달고 목초지에 붙박인 바위처럼 미동도 하지 않았다. 남자가 말고삐를 당기며 헛간을 나서기 시작했다.

"여보!"

남자가 고삐를 당겼다. "뭐?"

"저 사람들이 들판에 파고 있는 게 뭐냐고 물었잖아요."

"꼭 알아야겠다면, 지하 저장고를 파고 있다고 해두지."

"지하 저장고를 왜요?"

"창고 만들려고."

"창고? 집 지을 곳에 창고를 만들면 안 되죠, 여보!"

남자는 다른 말은 한마디도 하지 않았다. 서둘러 마차에 말을 연결한 다음, 말에 올라타 소년처럼 몸을 흔들어가며 마당을 빠져나갔다.

여자는 잠시 남자를 바라보며 서 있다가 이윽고 헛간에서 나와 뜰을 가로질러 집으로 갔다. 큰 헛

간, 창고, 별채와 직각으로 서 있는 집은 그것들과
비교해서 너무 작았다. 집은 헛간 처마 아래 비둘기
를 위해 마련해둔 작은 상자처럼, 사람이 살기에는
너무 협소했다.

얼굴이 발그레하고 보드라운 꽃같이 예쁜 소녀
가 집 창문 밖을 내다보고 있었다. 소녀도 뜰에서
땅을 파는 세 남자에게 부쩍 신경이 쓰였다. 소녀는
여자가 안으로 들어오자 얼른 고개를 돌렸다.

"엄마, 저 사람들 파는 거 뭐래요? 아버지가 말해
줬어요?"

"지하에 새 창고를 지을 거란다."

"엄마, 아버지가 진짜 또 창고를 짓는다고 했어
요?"

"아버지 말은 그래."

한 소년이 주방 유리 앞에 서서 머리를 빗고 있었
다. 갈색 머리를 이마 위로 천천히 공들여 내려 빗
으며 멋을 내고 있었다. 대화에는 전혀 신경이 쓰이
지 않는 모양이었다.

"새미, 아버지가 새 창고 지을 거라는데, 넌 알고
있어?" 소녀가 물었다.

소년은 열심히 머리만 빗어내렸다.

"새미!"

뒤를 돌아보는 새미는 어려 보일 뿐 영락없는 아버지였다. "응, 난 알았던 것 같아." 새미가 마지못해 대답했다.

"언제부터 알았니?" 엄마가 물었다.

"한 세 달 정도 된 것 같아요."

"왜 얘기 안 했어?"

"안 해도 될 줄 알았죠."

"아버지는 왜 또 창고를 지으려는 건지 모르겠어." 소녀가 예쁜 목소리로 천천히 말했다. 그러더니 다시 창가로 가 들판에서 땅을 파는 남자들을 내다보았다. 부드럽고 예쁜 얼굴에 못마땅한 기색이 역력했다. 소녀는 머리에 파마 종이를 말고 있었고 이마는 아기처럼 천진하게 빛났다. 나이는 꽤 찬 듯했지만 부드러운 곡선 때문에 아직 아이 같았다.

엄마가 엄한 얼굴로 남자아이에게 물었다. "아버지가 소도 더 살 거라든?"

아이는 대답 없이 그저 신발 끈만 맸다.

"새미, 아버지가 소를 더 살 거냐고 물었잖아."

"그럴 걸요."

"몇 마리나?"

"네 마린가."

엄마는 더 이상 아무 말도 하지 않았다. 식품 저장실로 들어가더니 그릇 딸각거리는 소리가 들렸다. 소년은 못에 걸린 모자를 집어 든 다음, 선반 위에 놓인 낡은 수학 책을 들고 학교로 향했다. 아이는 체구가 호리호리했지만 행동은 굼떴다. 뒤춤에 수상한 용수철을 넣고 밖으로 나갔는데, 그 때문에 엄마가 지어준 헐렁한 재킷 뒷단이 위로 번쩍 들렸다.

소녀는 싱크대로 가서 산더미처럼 쌓인 그릇을 씻기 시작했다. 엄마가 식품 저장실에서 나오더니 소녀를 옆으로 밀어냈다. "내가 할 테니 넌 물기나 닦아라. 오늘 아침에는 설거지할 게 아주 많네."

엄마는 손을 거칠게 물에 담갔고, 소녀는 생각에 잠긴 채 천천히 접시를 닦았다. "엄마, 아버지가 또 창고를 짓는 건 진짜 너무하지 않아요? 우리가 살 변변한 집도 없잖아요."

엄마가 그릇을 박박 문질렀다. "내니 펜, 넌 아직

우리 여자들이 그저 아이나 받아내는 사람들이란 걸 모르니? 남자들을 볼 만큼 봤잖니. 요새 하는 짓 봐, 남자들이 우리를 어떻게 생각하는지 알겠지? 그저 쓸모가 있는지 없는지만 중요하지. 날씨를 신의 섭리로 여기고 불평하지 않듯 우린 남자들이 하는 짓에 찍소리 하지 말아야 해."

"난 상관없어요. 어쨌든 조지는 그렇지 않을 테니까." 내니가 말은 그렇게 하면서도 보들보들한 얼굴을 붉히며 곧 울 것처럼 입술을 씰룩댔다.

"두고 봐라. 조지 이스트만이라고 다를 성싶니? 아무튼 아버지를 판단하려 하면 안 돼. 뭐 어쩌겠니, 평생 그런 식으로 살아온걸. 그리고 결국 우리도 그럭저럭 편하게 살고 있잖니. 지붕도 안 새고, 아, 물론 한 번 샜구나. 지붕이 샜는데 아버지가 바로 널을 이어주었지."

"우리도 응접실이 있음 좋겠어요."

"이렇게 깨끗하고 멋진 주방에 있는 널 보면 조지 이스트먼이 전혀 마음 아프지 않을 거야. 이런 주방에 있어본 여자애가 몇이나 될 것 같아? 그러니 불평하지 마. 나도 여태 불평 한 번 안 해봤어."

"나도 불평한 건 아니에요, 엄마."

"좋은 아버지에 좋은 집이 있으니 불만은 품지 않는 게 좋아. 아버지가 너한테 밖에 나가 돈을 벌어오란다고 생각해보렴. 너보다 체력이 약하고 재주도 없는 애들이 실제로 많이 그러고 있잖니."

사라 펜은 프라이팬을 힘주어 씻었다. 팬 바깥도 안 못지않게 박박 문질렀다. 사라는 집 안의 자기 공간을 훌륭하게 관리했다. 좁은 거실에는 삶의 마찰에서 생길 수 있는 어떤 티끌도 용납하지 않았다. 바닥을 쓸어도 빗자루에 먼지 하나 묻어나지 않았다. 닦을 것도 없는데 닦고 또 닦았다. 사라는 완벽한 예술가 같았고, 반면 남편은 그런 데 전혀 관심이 없었다.

오늘 사라는 믹싱 볼과 도마를 꺼내 파이를 밀고 있었는데, 가만히 앉아서 바느질을 하는 딸보다 옷이 더 깨끗했다. 앞치마에 밀가루 하나 묻어 있지 않았다. 내니는 가을에 결혼할 예정이어서 흰색 케임브릭 천에 수를 놓고 있었다. 내니는 엄마가 음식을 만드는 동안 부지런히 바느질을 했다. 사라의 부드러운 흰 손과 손목은 밀가루 반죽보다 더 희었다.

"곧 스토브를 헛간에 가져다놔야 해. 더운 날씨에 스토브를 헛간에 내놓을 수 있는 것만도 얼마나 다행이니, 그런 건 왜 말 안 해? 아버지가 스토브 연통을 밖에 세워두길 정말 잘했잖아."

파이를 만들고 있는 사라 펜의 얼굴에는 성서에 나오는 성인이라고 해도 좋을 만큼 자비로운 기운이 넘쳐흘렀다. 사라는 민스파이를 만들고 있었다. 남편 애덤 펜이 가장 좋아하는 음식이 민스파이였다. 그래서 사라는 일 주일에 두 번 민스파이를 구웠다. 애덤은 식사 중간에 파이를 먹곤 했다. 오늘 아침 사라는 무척 바빴다. 하루를 평소보다 늦게 시작했는데, 점심때까지는 파이를 구워내놓고 싶었다. 남편에게 품은 분노가 아무리 깊어도 남편이 원하는 것을 소홀히 할 생각은 없었다.

고매한 인격은 척박한 환경에서 진가가 드러난다. 오늘 사라 펜은 얇은 페스트리 반죽에 인격을 드러냈다. 참을성 있고 확고부동한 그녀의 영혼을 갉아먹는 광경, 즉 남편 애덤이 결혼 직후부터 새 집을 지어주겠다고 약속한 자리에 창고를 짓는답시고 구덩이를 파는 장면을 주방 일 하는 틈틈이 식탁 너머로 지켜봐가면서도 사라는 묵묵히 정성을 다해 파이를 만들었다.

파이는 계획대로 식사 전에 완성되었다. 애덤과 새미가 12시 조금 지나 집에 돌아왔다. 모두 허겁지겁 점심을 먹어치웠다. 펜 가족은 식사하는 동안 대화를 거의 하지 않았다. 애덤이 감사 기도를 하면 모두 얼른 식사를 해치운 다음 일어나서 각자 일을 하러 갔다.

새미는 토끼처럼 폴짝폴짝 뛰어 학교로 돌아갔다. 새미는 오후 수업을 시작하기 전에 친구들과 구슬치기 놀이를 하고 싶었고, 아버지가 허드렛일을 시킬까봐 걱정이 됐다. 애덤이 문으로 급히 달려가 새미를 불렀지만, 새미는 이미 보이지 않았다.

"여보, 왜 새미를 그냥 가게 내버려뒀어? 나무 내리는 걸 도와달라고 할 참이었는데." 애덤이 말했다.

애덤이 뜰로 나가 마차에서 나무를 내렸다. 사라가 식사한 그릇을 치우는 동안 내니는 파마 종이를 빼내고 옷을 갈아입었다. 가게에 천과 실을 사러 갈 참이었다.

내니가 나가자 펜 부인이 문으로 가서 남편을 불렀다. "여보!"

"음, 뭐?"

"잠시 나 좀 봐요, 여보."

"나무 내려야 돼. 다 내리고 두 시 전까지 자갈 실으러 가야 한다고. 새미 이 자식이 도와줬어야 했는데, 당신이 새미를 좀 붙잡아뒀어야지."

"잠깐 좀 봐요."

"안 된다고 말했을 텐데."

"여보, 이리 와요." 사라 펜이 여왕처럼 문간에 버티고 섰다. 왕관이라도 쓴 듯 머리를 꼿꼿이 들고, 목소리에는 전혀 감정을 싣지 않아 오히려 위엄이 느껴졌다. 애덤이 아내에게 다가갔다.

펜 부인이 주방으로 먼저 들어가 의자를 가리켰다. "앉아요. 당신한테 할 말이 있어요."

애덤이 못마땅한 표정으로 마지못해 의자에 앉았다. 그러나 눈빛은 불안해 보였다. "그래, 뭐?"

"여보, 새 창고는 뭣 하러 지으려는 거지요?"

"그에 관해선 할 말 없어."

"설마 창고가 꼭 필요해서 어쩔 수 없다 생각하

는 건 아니겠죠?"

"할 말이 없다고 했잖아. 난 아무 말 안 할 거야."

"소를 더 사들일 건가요?"

애덤은 입을 꾹 다문 채 대답하지 않았다.

"당연히 그러시겠죠. 자, 여보, 여기 봐요." 사라 펜은 의자에 앉지도 않았다. 침착한 태도로 남편 앞에 서 있었다. "오늘은 당신한테 싫은 소리를 좀 해야겠어요. 당신과 결혼하고 한 번도 하지 않았지만, 이젠 할 때가 된 것 같아요. 여태 불평 한 번 안 했고, 지금도 불평을 하려는 건 아니에요. 그냥 솔직한 내 심정을 말하려는 거예요. 여보, 여기 이 방을 봐요, 잘 좀 보라고요. 바닥에 카펫도 없고, 벽지는 얼룩덜룩한데다 군데군데 찢어졌어요. 십 년 동안 벽지를 안 바꿔서 보다 못해 내가 직접 벽지를 발랐어요. 한 롤에 9펜스밖에 안 하더군요. 여기 좀 봐요, 여보. 결혼 후 내가 줄곧 일하고 먹고 쉬던 공간이에요. 마을에서 당신보다 훨씬 수완이 안 좋은 남편을 둔 여자들도 이보단 더 잘해놓고 살아요. 내 니는 친구를 데려와도 어디 갈 곳이 없어요. 그 애들 아버지 중에 당신보다 더 유능한 사람 있나요? 내 니

18

는 이제 결혼도 여기서 해야 할 판이에요. 만약 우리가 이것보다 못한 방에서 결혼식을 했다면 당신은 어떻게 생각했겠어요? 우린 바닥에 카펫이 깔려 있고, 가구가 갖춰진 데다 마호가니 카드 테이블이 있는 우리 어머니 집 거실에서 결혼했어요. 그런데 내 딸은 이런 곳에서 결혼을 하게 된다고요. 여보, 그래도 괜찮아요?"

사라 펜은 비극 무대에 선 배우처럼 방을 가로질러 걸었다. 문을 벌컥 열어젖히자 침대 하나와 옷장으로 비좁은 작은 침실이 드러났다. "자, 여보, 몇 십 년 동안 내가 살아온 방이에요. 저기서 우리 아이들이 태어났죠. 둘은 살아 있지만, 둘은 죽었어요. 저기서 내가 심한 열병도 앓았죠."

사라는 반대편으로 걸어가 문을 열었다. 곧 작고, 어두침침한 식료품 저장실이 나왔다. "이거 봐요. 음식 보관할 그릇도, 우유 팬도 다 여기 둬야 해요. 여보, 난 이 곳에서 소 여섯 마리가 내놓는 젖을 관리해요, 그런데 이제 또 새 창고를 짓고 소를 더 들여 나더러 더 많은 일을 하게 한다고요?"

사라가 또 다른 문을 열어젖혔다. 위로 향하는

좁고 뒤틀린 계단이 보였다. "저기요, 여보! 저 계단 좀 봐요. 저리로 올라가면 짓다 만 방 두 개가 나오죠. 거기서 우리 아들과 딸이 매일 잠을 자요. 내니보다 더 여성스럽고 예쁜 아가씨가 우리 마을에 있던가요? 그런 내니가 저런 곳에서 잔다고요. 저 곳은 당신 말이 들어가 있는 외양간만도 못해요. 온기도 없고 튼튼하지도 않아요."

사라 펜은 돌아와서 남편 앞에 섰다. "자, 당신이 주장하는 대로 당신이 정말 올바른 일을 하고 있다고 생각하는지 난 알고 싶어요. 우리가 결혼하던 해에 당신은 굳게 약속했죠. 그 해가 끝나기 전에 새 집을 지어주겠다고 말이에요. 돈도 충분하니, 나를 이런 곳에서 살게 할 이유가 없다고 했었죠. 그러고 수십 년이 지났는데 당신은 계속 돈을 벌고 있고, 난 당신이 시키는 대로 저축만 하고 있어요. 그런데 당신은 창고를 짓고, 우사와 새 헛간을 짓더니, 이제 또 창고를 하나 더 짓는다고요? 여보, 이게 맞다고 생각해요? 당신은 당신 혈육보다 가축들한테 집 지어주는 게 더 중요한가요? 그게 정말 옳다고 생각해요?"

"난 딱히 할 말 없어."

"옳지 않다는 걸 인정하지 않으려니 할 말이 없겠죠. 난 더 말해야겠어요. 여태 난 불평 한 번 한 적 없어요. 무려 사십 년을 그저 당신 말만 따랐죠. 그런데 지금이 아니면, 다른 집을 가지지 않으면 아마 앞으로 몇 십 년을 더 이렇게 살아야 할지도 모르겠어요. 내니는 결혼하면 우리와 함께 살 수 없어요. 다른 곳으로 가 우리와 떨어져 살게 돼요. 그런데 여보, 요즘 생각해보니 내가 그러면 안 됐던 거였어요. 내니는 강하지 않아요. 자기만의 뚜렷한 색깔은 있지만 기개는 없어요. 내가 항상 그 앨 위해 모든 걸 막아줘서 내니는 혼자 집을 건사하고 일을 해내는 데 서툴러요. 내니가 아무 말도 못하고 그 부드럽고 흰 손과 팔로 쓸고 닦고 옷을 빨아 다림질하고 빵을 굽는다고 생각해봐요! 내니를 나처럼 살게는 못 두겠어요."

펜 부인은 어느새 얼굴이 벌겋게 상기됐고 온화한 눈은 물기로 번들거렸다. 사라 펜은 정치가처럼 자신의 명분을 확실히 내세웠고, 거기에는 연민을 자아내게 하는 힘과 통렬함까지 느껴졌다. 그러나 상대는 대답 없는 공허한 메아리만 남길 뿐 꿋꿋이 침묵을 지켰다. 애덤이 우물쭈물 자리에서 일어났다.

"당신, 정말 아무 말도 안 할 셈이에요?" 펜 부인이 말했다.

"저거 내리고 자갈 실으러 가야 해. 여기서 하루 종일 이러고 있을 수 없어."

"여보, 제발 생각을 바꿔서 창고 대신 집을 지어 주면 안 되겠어요?"

"할 말 없어."

애덤이 몸을 피해 나가버렸다. 펜 부인은 침실로 들어갔다. 다시 밖에 나왔을 땐 눈자위가 붉었다. 손에는 염색하지 않은 면포가 한 롤 들려 있었다. 사라는 그걸 식탁에 펴고 남편에게 입힐 셔츠를 재단하기 시작했다. 오늘 오후에는 더 많은 사람들이 일을 도와주러 와 있었다. 그들이 크게 서로를 부르는 소리가 들렸다. 셔츠 본을 다 뜨기에는 천이 모자랐다. 그래서 사라는 소매만 재단해서 잘랐다.

내니가 자수를 사서 집에 돌아와 바느질감을 들고 자리에 앉았다. 파마 종이로 컬을 만든 덕에 이마 위로 부드러운 롤이 동그랗고 귀엽게 내려와 있었다. 내니는 얼굴이 도자기처럼 깨끗하고 참했다. 내니가 갑자기 얼굴과 목이 벌개져서 위를 올려다보았다. "엄마."

"왜?"

"내가 생각해봤는데요, 이 방에서 어떻게 결혼식을 하죠? 우리 쪽엔 달리 올 사람이 없지만, 신랑 쪽에서는 사람들이 많이 올 텐데 너무 부끄러울 것 같아요."

"그 전에 아마 벽지는 새로 바를 수 있을 거야. 내가 할게. 집 때문에 부끄러워지지 않도록 할게."

"새 창고에서 결혼식을 할 수도 있지 않나?" 내니가 약간 심술을 부리듯 말했다. "왜요, 엄마. 왜 표정이 그래요?"

펜 부인이 무슨 생각인지 내니를 얄궂은 표정으로 바라보았다. 그러고는 다시 하던 일로 돌아가 천 위에 조심스럽게 본을 펼쳐놓았다. "아무 것도 아니야."

애덤이 로마 시대 마차꾼처럼 두 바퀴 수레를 타고 당당하게 몸을 세우고 뜰 밖으로 나갔다. 펜 부인은 문을 열고 잠시 밖을 내다보았다. 남자들이 서로를 불러대는 소리가 더 크게 들렸다.

봄철 내내 사내들이 외치는 소리와 톱과 망치 소리로 시끄러웠다. 새 창고 짓는 일은 척척 진행됐다. 작은 마을치고 멋진 건물이었다. 일요일만 되면 사내들이 정장과 깨끗한 셔츠 차림으로 와서 감탄하는 눈으로 창고를 둘러보곤 했다. 펜 부인은 그에 관해 아무 말도 하지 않았고, 애덤 역시 가끔 창고를 둘러보고 돌아오면 무슨 말을 하고 싶어 입이 근질근질하면서도 아내에겐 그에 관해 아무 언급을 하지 않았다.

"네 엄마가 새 창고 때문에 기분이 좀 언짢은 모양이다." 어느 날 애덤이 은밀하게 새미에게 한 말이었다.

새미는 남자아이답지 않은 이상한 방식으로 투덜거렸다. 다 자기 아버지에게서 배운 것이었다.

창고가 7월 셋째 주에는 사용할 수 있도록 준비될 것 같았다. 애덤은 수요일에 가축들을 옮길 계획이었다. 그런데 화요일에 계획을 바꾸지 않으면 안

될 일이 생겼다. 애덤은 아침 일찍 편지 한 통을 들고 안으로 들어왔다. "새미는 우체국에 갔어. 참, 그리고 히람한테서 편지가 왔네." 히람은 버몬트에 사는 펜 부인의 오빠였다.

"식구들은 어떻게 지낸대요?"

"잘들 지내겠지. 히람이 지금 바로 오면 내가 원하는 말을 살 수 있대." 애덤이 생각에 잠긴 채 창문 너머로 새 창고를 바라보았다.

펜 부인은 파이를 만들고 있었다. 부인의 얼굴이 갑자기 창백해졌고, 가슴은 두방망이질 쳤다. 그래도 아무 일 없는 척 계속 밀 방망이로 반죽을 밀었다.

"가는 게 좋을지 어떨지 모르겠군. 한창 건초 작업 중이라 가고 싶지 않지만, 10에이커 정도 베면 되니 내가 사나흘 없어도 루퍼스가 다른 사람들 데리고 어떻게든 할 수 있겠지. 여기서는 내 입맛에 맞는 말을 구할 수가 없고, 가을에 나무를 실어오려면 한 마리 더 있어야 하니 어쩔 수 없지. 내가 히람한테 잘 지켜보다가 쓸 만한 게 있으면 알려달라고 했으니 말은 아마 틀림없을 거야. 그러니 가는 게 나을 것 같아."

"다려둔 셔츠 내올게요." 펜 부인이 침착하게 말했다.

사라는 작은 침실 침대 위에 남편의 깨끗한 양복과 옷가지들을 내려놓았다. 면도할 물과 면도기까지 대령했다. 끝으로 남편의 셔츠 단추를 채워주고 크라바트 스카프를 매주었다.

애덤은 특별한 경우가 아니면 셔츠와 크라바트를 착용하지 않았다. 이제 그는 늠름하게 머리를 꼿꼿이 치켜세웠다. 코트와 모자까지 솔질해 외출 준비가 완료됐고, 애덤은 아내가 종이 가방에 넣어 준비해준 파이와 치즈 도시락을 들고 문지방에 서서 잠시 우물쭈물했다. 약간 미안하지만 애써 무시하는 표정이었다. "오늘 일이 끝나면 새미가 소들을 새 창고에 몰아넣을 거야. 앞으론 건초도 거기 던져 넣으면 돼."

"흠." 사라가 대답했다.

애덤은 면도한 얼굴을 높이 쳐들고 문을 나섰다. 몇 발자국 가다 말고 뒤를 돌아보며 약간 불안한 듯 엄하게 한마디 했다. "별일 없으면 토요일에는 돌아오리다."

"조심하세요, 여보." 아내가 말했다.

사라는 내니와 나란히 문간에 서서 남편이 멀어지는 뒷모습을 지켜보았다. 사라의 눈에 뭔가 수상쩍은 기운이 어리더니, 평온하던 미간이 찌푸려졌다. 사라는 안에 들어가 다시 빵을 구웠다. 내니는 앉아서 바느질을 했다. 결혼 날짜가 가까워짐에 따라 내니는 얼굴이 창백하고 핼쑥해져갔다. 사라가 계속 내니를 힐끗거리며 쳐다보았다.

"오늘 아침에 많이 속상했니?"

"조금요."

일하는 동안 펜 부인의 표정이 서서히 변했다. 곤혹스러워 보이던 이마가 펴지고, 불안해 보이던 눈빛이 안정되었으며, 입매에는 결기가 스몄다. 부인은 자신이 없어질까봐 생각나는 대로 문구를 하나 만들어서 마음에 되새겼다. '자발적으로 만들어내는 기회는 새 인생으로 향하는 첫걸음이다.' 펜 부인은 그 문구를 소리 내어 몇 번 반복한 다음, 행동에 옮기기로 마음먹었다.

"만약 내가 오빠한테…." 식품 저장실에서 부인

은 중얼거렸다. "만약 내가 편지를 써서 괜찮은 말이 있는지 알아봐달라고 부탁한 거라면 문제겠지. 하지만 내가 그런 게 아니잖아. 내가 남편을 지금이 순간에 내보낸 게 아니라고. 그러니 이건 신의 섭리라 볼 수밖에 없어." 마지막 말은 저도 모르게 크게 튀어나왔다.

"엄마, 뭐라구요?" 내니가 물었다.

"아무것도 아냐."

펜 부인은 서둘러 빵을 구웠다. 열한 시경 일을 다 끝냈다. 건초 더미를 실은 마차가 서쪽에서 들어와 새 창고로 다가서고 있었다. 부인이 밖으로 뛰어나오며 소리쳤다. "잠깐! 잠시만요!"

남자들이 멈춰 서서 소리 나는 쪽을 돌아보았다. 새미가 건초 더미 위에서 몸을 일으켜 엄마를 보았다.

"멈춰요!" 부인이 다시 소리쳤다. "건초 저 창고에 넣지 마세요. 전에 있던 헛간에 넣어주세요."

"왜요? 애덤이 여기 두라고 했는데." 건초 만드는 사람 하나가 이상하다는 듯 되물었다. 애덤이 그해 농장 일 도우미로 고용한 이웃 청년이었다.

"새 창고에 건초 넣지 마세요. 전에 쓰던 곳에도 공간은 충분해요." 펜 부인이 말했다.

"공간이야 충분하죠." 고용인이 두껍고 거친 목소리로 말했다. "공간으로 보면 새 창고가 전혀 필요 없어요. 네, 일단 알았어요. 애덤이 마음을 바꿔 먹었나보죠." 그러고는 말굴레를 잡았다.

펜 부인이 집으로 돌아갔다. 곧 주방 창문이 어두워졌고 따뜻한 꿀 향기 같은 게 방 안으로 들어왔다.

내니가 하던 일을 내려놨다. "아버지가 건초를 새 창고에 두라고 했던 것 같은데." 내니가 의아하다는 듯 말했다.

"맞아." 펜 부인이 대답했다.

새미가 건초 더미에서 내려와 식사 준비가 되었는지 보러 안으로 들어왔다.

"오늘은 아버지가 없으니 보통 때처럼 식사하지 않을 거야. 불을 껐거든. 너희들을 위해 빵과 우유와 파이를 준비해뒀어. 그렇게 먹어도 되겠지?" 부인은 식탁 위에 우유와 빵과 파이를 올려놓았다. "이제 식사해. 많이 먹는 게 좋을 거야. 나중에 내가 너희들 손을 좀 빌려야 하거든."

내니와 새미는 서로를 바라보았다. 엄마의 태도가 뭔가 이상했다. 펜 부인은 아무것도 먹지 않았다. 남매가 식사하는 동안 부인은 식품 저장실로 들어가 그릇을 챙겼다. 곧 쟁반 한 무더기를 들고 나와, 창고에서 꺼낸 천 바구니에 담았다. 내니와 새미는 가만히 보고만 있었다. 부인이 컵과 소서를 꺼내 쟁반 위에 얹었다.

"엄마, 지금 뭐하는 거예요?" 내니가 쭈뼛거리며 물었다. 뭔가 이상한 기분이 들어 마치 귀신을 본 것처럼 몸을 떨었다. 새미는 그저 파이만 멀뚱멀뚱 내려다보았다.

"내가 뭐 할 건지 말해줄게, 다 먹으면. 내니, 위에 올라가서 네 물건들을 싸. 그리고 새미, 너는 침실에서 침대 내가는 걸 도와줘."

"엄마, 그건 왜요?" 내니가 계속 몸을 떨며 물었다.

"곧 알게 될 거야."

다음 몇 시간 동안 단순하고 뚝심 있는 뉴잉글랜드 엄마의 지휘로 모든 일이 진행되었다. 사라 펜에게는 아브라함 언덕에서 진격을 앞둔 울프 장군의 기상이 느껴졌다. 남편이 없는 사이에 사라 펜은 자식들에게 몇 안 되는 가재도구를 모두 새 창고로 옮기게 했다. 적들이 자는 틈을 타 반신반의하는 군사들을 독려해 경사진 비탈로 올라가게 만드는 울프 장군보다 더 천재적이고 대담무쌍해 보였다.

내니와 새미는 완전히 압도당한 채 군소리 하나 없이 엄마의 명령을 따랐다. 그들의 눈에 지금 엄마는 생전 처음 보는 기묘하고 초인적인 사람 같았다. 내니는 가벼운 물건들을 들어 날랐고, 새미는 있는 힘껏 물건을 끌어당겼다.

오후 다섯 시가 되자 펜 부부가 수십 년을 산 작은 집이 비워지고 세간이 모두 새 창고로 옮겨졌다.

집 짓는 사람들은 각자 자신을 선지자라 여기며 남들은 모르는 여러 목적을 위해 집을 짓는다. 애덤 펜의 창고를 설계한 사람은 늘 인간의 안락함을 고려해 집을 지어왔지만, 이번만은 네 발 달린 짐승들의 편안한 보금자리를 만들기 위해 심사숙고했다. 사라 펜은 그걸 한눈에 알아보았다. 멋진 외양간 칸막이 앞에 퀼트를 걸어놓으니 부인이 사십 년 동안 지냈던 침실보다 훨씬 멋진 공간이 되었고, 객실도 생겼다. 마구 매는 방에는 굴뚝과 선반까지 있어서 부인이 꿈에 그리던 주방으로 변신이 가능했다. 가운데 큰 공간은 거실이 되기에 충분해서 곧 대저택 못지않을 채비를 하고 있었다. 위층도 아래만큼 공간이 넓었다. 파티션과 창문까지 있으면 집으로 더할 나위 없을 터였다. 사라 펜은 당초 젖소가 통과하기 쉽도록 놓인 지지대를 보며, 그곳은 현관으로 만들리라 마음먹었다.

여섯 시에는 스토브가 마구간에 올라갔고, 주전자에서는 물이 끓었으며, 테이블은 차 마실 준비가 되었다. 이제 제법 뜰 건너편 버려진 집만큼 아늑한 분위기가 났다. 사라는 소젖 짜는 청년에게 우유는 새 창고로 가져다달라고 지시했다. 청년은 입을 떡 벌린 채 찰랑찰랑 넘치는 양동이에서 거품이 풀밭으로 뚝뚝 떨어지는 것도 모르고 새 창고로 우유를 날랐다.

다음날 아침도 되기 전에 청년은 애덤 펜의 아내가 새 창고로 이사했다는 소문을 마을 전체에 퍼트렸다. 남정네들은 가게에 모여 그 얘기에 열을 올렸고, 여자들은 머리에 숄을 두르고 서로의 집에 들러 입방아를 찧었다. 조용한 마을에서 일상을 훌쩍 벗어난 이 일은 마을 전체를 뒤흔들어놓았다.

모두 일손을 멈춘 채 고집스럽고 제멋대로인 인물을 평하느라 바빴다. 사라 펜에 관해서는 의견이 엇갈렸다. 그녀가 미쳤다고 생각하는 축도 있었고, 규칙도 무시하고 반항만 일삼는 한심한 인간이라고 폄훼하는 축도 있었다.

금요일 오전에 마을 목사가 사라 펜을 만나러 왔다. 사라는 창고 문 앞에서 완두콩 깍지를 따고 있었다. 고개를 들어 목사에게 우아하게 인사는 건넸지만, 하던 일을 멈추지는 않았다. 사라는 목사를 안에 들이지 않았다. 전처럼 목사를 존경하는 표정은 그대로였지만, 목사가 온 이유를 알 것 같아 노기로 얼굴이 벌게졌다.

목사는 부인 앞에 엉거주춤 서서 할 말을 했다. 펜 부인은 완두콩을 총알처럼 거칠게 다뤘다. 마침내 고개를 든 사라 펜의 눈에는 평소의 온화함 대신 기백이 넘쳤다.

"더 말씀하실 필요 없습니다, 허시 씨. 제가 생각

하고 또 생각한 다음 옳다고 믿어서 한 일입니다. 기도도 할 만큼 했습니다. 이건 저와 신과 애덤 사이의 일입니다. 그러니 다른 누구도 걱정해주실 필요 없습니다."

"음, 부인이 그 문제에 관해 신께 기도하고 응답까지 받으셨다면 저로선 드릴 말씀이 없습니다." 목사가 무력하게 말했다. 수염이 허옇고 깡마른 얼굴이 애처로워 보였다. 목사는 병약했고, 젊은 시절의 패기는 사라진 지 오래였다. 그는 가톨릭 금욕주의자만큼이나 목회 일에 그악스러울 정도로 자신을 혹사해온 사람이었다.

"전 우리 조상들이 아무것도 가진 게 없어서 고향 땅을 등질 수밖에 없었던 것만큼이나 제가 한 일이 옳다고 믿습니다." 펜 부인이 자리에서 일어났다. 부인의 태도 덕분에 창고 문턱이 플리머스의 바위(1620년 영국 청교도들이 미국에 상륙한 지점에 있던 바위—옮긴이주) 같아 보였다. "목사님의 선의를 의심하지는 않습니다만, 사람 간에도 서로 간섭하지 말아야 하는 일이 있는 법이지요. 저는 수십 년 간 교회에 다닌 사람입니다. 저도 심신이 멀쩡한 사람이니 나름의 방식으로 생각하며 살겠습니다. 저는 신을 믿고 살 테니, 신이 아닌 분들은 제게 이러쿵저러쿵 하지 않으셨음 합니다. 들어와서 좀 앉으시겠어요? 부인께서는 잘 지내시지요?"

"네, 잘 지냅니다. 물어봐주셔서 감사합니다." 목사는 대답을 마치고, 난처한 얼굴로 사과의 말 몇 마디를 남기고 물러났다.

목사는 성경에 나오는 인물의 성격을 모두 분석할 수 있었고, 청교도 조상들과 역사적인 혁명가들을 파악하는 데 능숙했지만, 사라 펜만은 자기 능력 밖이었다. 태곳적 문제들은 다룰 줄 알았지만 동시대 사람들의 문제에는 미숙했다. 그의 본분과 상관없는 일이지만, 그는 신의 섭리보다 애덤 펜이 어떻게 자기 아내를 다루는지, 그 점이 더 궁금하고 놀라웠다. 마을 사람 모두 같은 심정이었다. 애덤의 소네 마리가 새로 도착했을 때 사라는 세 마리는 그 전 창고에, 그리고 한 마리는 조리용 난로가 있던 집 헛간에 끌어다 놓으라고 명령했다. 이 때문에 마을 전체가 또 술렁거렸다.

토요일 해질 무렵, 애덤이 집으로 돌아오기로 예

정된 시각이 되자 새 창고 주변에는 동네 사내들이 여럿 모여 있었다. 고용된 청년은 우유를 다 짜고도 계속 근처를 배회했다. 사라 펜은 이미 식사 준비를 끝냈다. 메뉴는 갈색 빵과 구운 콩, 그리고 커스터드파이였다. 모두 애덤이 토요일 밤에 즐겨 먹는 음식이었다.

사라는 옥양목 원피스를 입고 침착하게 남편을 기다렸다. 내니와 새미는 엄마 옆에 바짝 붙어 있었다. 그들은 눈을 큼지막하게 떴고, 내니는 불안해서 떨기까지 했다. 그럼에도 그들은 몹시 기뻤다. 아버지보다 엄마에 대한 믿음이 강했다.

새미가 창밖을 내다보았다. "아버지 오신다." 새미가 잔뜩 긴장된 목소리로 말했다. 새미와 내니는 불안한 듯 주변을 훔쳐보았다. 펜 부인은 계속 할 일만 하고 있었다. 아이들은 아버지가 진입로에 도착한 다음 새로 구입한 말에서 내려 그 전 집으로 향하는 광경을 지켜보았다. 문이 잠겨 있었다. 애덤은 옆으로 돌아 헛간으로 갔다. 그 문은 가족들이 멀리 갈 때도 거의 잠그는 법이 없었다. 내니는 아버지가 그곳에 있는 소를 어떻게 받아들일지 걱정이 된 나

머지 발작적으로 울기 시작했다. 애덤이 헛간에서
나와 어리둥절한 표정으로 멍청히 서 있었다. 입술
이 움직이는 걸로 보아 뭔가 말을 하고 있었지만, 무
슨 소린지 들리지 않았다. 고용된 청년이 옛 헛간의
모퉁이에서 빼꼼 얼굴을 내밀고 내다볼 뿐, 주변에
아무도 없었다.

애덤은 새로 데려온 말의 굴레를 잡고 뜰을 가로
질러 새 창고로 갔다. 내니와 새미가 엄마 옆에 더
가까이 붙어 섰다. 창고 문이 열리고, 애덤과 길고
부드러운 얼굴의 잘생긴 캐나다산 농마가 모습을
드러냈다.

내니는 엄마 뒤에 숨었지만, 새미는 갑자기 앞으
로 걸어나와 엄마 앞에 섰다.

애덤이 세 사람을 바라보았다. "도대체 너 왜 그
러고 섰냐? 집에 무슨 일이 일어난 거야?"

"우리 여기에 살러 왔어요, 아버지." 새미가 말했
다. 새된 목소리가 용감하게 떨려나왔다.

"뭐?" 애덤이 코를 킁킁거렸다. "이 웬 음식 냄새
야?" 애덤이 앞으로 걸어가 마구간의 열린 문을 통
해 안을 들여다보았다. 그러고는 아내를 돌아보았

다. 그의 늙고 뻣뻣한 얼굴이 순식간에 하얗게 질렸다. "여보, 이게 도대체 무슨 의미지?"

"여보, 이리 들어오세요." 사라가 남편을 마구간으로 안내하고는 문을 닫았다. "자, 놀랄 필요 없어요. 난 미치지 않았고요, 당신이 화낼 일도 아니에요. 우린 여기 살러 왔고 앞으로도 계속 여기 있을 거예요. 우리도 말이나 소 못지않게 여기 살 만한 가치가 있잖아요. 저 집은 더 이상 우리가 살 수 있는 공간이 못 돼요. 그래서 더는 거기 있지 않기로 했어요. 난 수십 년 동안 내 할 바를 다 했고, 앞으로도 그럴 거예요. 하지만 여기서 살 거예요. 당신이 여기에 창문과 파티션을 설치해줘요. 가구도 사주고요."

"맙소사, 당신!" 애덤이 숨도 제대로 못 쉬고 헉헉거렸다.

"코트 벗고 씻으세요. 저기 대야 있네요. 씻고 우리 식사해요."

"맙소사!"

새미가 새 말을 헛간으로 데려가느라 창밖을 지나갔다. 애덤이 새미를 보고는 말없이 고개를 저었다. 코트를 벗으려 했지만 팔에 힘이 빠져 계속 헛손질만 했다. 사라가 애덤을 도왔다. 사라는 양철 대야에 물을 붓고 비누를 풀어주었다. 빗과 브러시를 가져와서 남편의 듬성듬성한 흰 머리도 빗겨주었다. 그러고 나서 식탁에 콩과 뜨거운 빵, 그리고 차를 올렸다. 새미가 안으로 들어오자 모두 식탁에 모여 앉았다. 애덤이 접시만 물끄러미 내려다보자, 모두 기다렸다.

"여보, 기도 안 할 거예요?" 사라가 말했다.

애덤이 고개를 숙이고 웅얼거렸다.

식사하는 동안 애덤은 이따금 먹다 말고 아내를 슬그머니 훔쳐보았다. 그렇지만 음식은 잘 먹었다. 집밥은 그의 입맛에 잘 맞았고 그의 늙은 몸이 마음에 의해 영향을 받기에는 식욕이 너무 왕성했다. 식사를 마치고 애덤은 밖으로 나가, 창고 오른편 작은 문 앞 계단에 앉아 두 손으로 머리를 감쌌다. 원래는 저지종 젖소가 수월하게 통과하도록 만들었지만, 아내가 현관으로 개조한 공간이었다.

그릇을 정리하고 밀크 팬을 씻은 다음 사라는 밖에 있는 남편에게 갔다. 어느새 황혼이 짙어지고 있었다. 하늘은 더없이 깨끗했다. 그들 앞에 부드러운 들판이 펼쳐져 있었고, 멀리 건초 더미가 마을 헛간처럼 군데군데 서 있었다. 공기는 시원하고 고요하고 달콤했다. 더할 수 없이 평화롭고 이상적인 풍경이었다.

사라가 몸을 숙여 남편의 군살 없이 탄탄한 어깨에 손을 얹었다. "여보!"

애덤은 어깨를 떨군 채 울고 있었다.

"여보, 울지 말아요." 사라가 말했다.

"여보, 내가… 파티션과… 당신이 원하는 걸 모두 만들어줄게."

사라가 앞치마로 얼굴을 가렸다. 그러고는 속으로 환호성을 질렀다.

애덤은 적극적인 저항도 못해보고 허물어진 요새 같았다. 그러고는 즉시 사용 가능한 다른 용도로 잽싸게 자세를 바꿔 잡는 것 같았다. "맙소사, 여보. 난 당신이 이 정도로 강한 사람인 줄 몰랐어." 애덤이 쉰 목소리로 말했다.

갈라 드레스

A Gala Dress

"언니, 나 7월 4일 피크닉 안 갈 거야."

"에밀리, 더 이상은 얘기 안 할게. 하지만 내가 너라면 준비해서 가겠어."

"진짜 못 갈 것 같아."

"왜 못 간다는 거야?"

"폭죽 터트리고 경적 울리면 정신이 하나도 없을 걸. 그리고 마틸다 제닝스가 그러던데, 30분마다 대포도 빵빵 쏜대. 내가 그걸 감당할 수 있을까? 알다시피 나는 신경이 좀 예민하잖아."

엘리자베스 배브콕이 부드럽고 긴 코를 들어올

려 콧구멍을 벌름거리며 킁킁 냄새 맡는 시늉을 했다. 분명 여동생의 몽니에는 받아들이기 어려운 구석이 있었다. "내가 너라면 그렇게 말하지 않을 거야, 에밀리. 가야지 거길 왜 안 가. 이번엔 네 차례고, 너도 그걸 알고 있어. 안식일에는 내가 갔었잖아. 그러니 이번엔 네가 그 드레스를 입고 가면 돼."

에밀리가 언니를 바라보았다. 기쁜 표정을 애써 감췄다. "지난번엔 언니가 갔다는 걸 내가 왜 모르겠어." 에밀리가 서둘러 덧붙였다. "하지만… 7월 4일 피크닉은… 좀 더 드문 일이잖아." 에밀리가 펄쩍 뛰며 말하자 엘리자베스도 기세등등하게 맞섰다.

"드문 일! 흠, 7월 4일 피크닉이 안식일보다 더 드물고 좋은 일이야? 그래서 내가 가야 한다고? 그렇게 말하려니 좀 부끄럽지 않니, 에밀리 배브콕?"

조금 전까지도 언니만큼 기고만장하던 검정색 머슬린 원피스 차림의 에밀리가 갑자기 힘없는 목소리로 말했다. "난… 그렇게 들릴 줄 몰랐어, 언니. 미안해."

"흠, 나도 네가 잘 생각해보라는 거지 다른 뜻은

아니었어. 네 또래나 네가 속한 그룹의 여자들과 비슷하게 해야 좋은 거야, 뭐든. 이제 딴소리 그만하고 드레스 가져와서 벨벳 뜯어내고 레이스를 다는 게 어때? 시간도 그렇게 많이 걸리지 않을 거야. 행사가 내일 아침 일찍 시작하잖아. 난 네가 가져갈 케이크를 만들게. 이따 차도 한잔하자."

"언닌 내가 케이크를 안 가져가면 다른 사람들과 어울리지 못한다고 생각하는 거지?" 에밀리가 또 용감하게 대들었다.

"네가 다른 사람들한테 먹을 걸 신세질까봐 그랬던 건데, 싫으면 관둬. 케이크는 안 만들어야겠다."

"먹을 건 필요 없어."

"안 갈 거면 몰라도 갈 거면 다른 사람들과 비슷하게 해, 뭐든. 마틸다 제닝스가 슬쩍슬쩍 훔쳐보면서 이말 저말 하게 하고 싶지 않단 말이야. 자, 그냥 드레스나 꺼내 와."

"흠." 에밀리가 이 정도면 됐다는 듯 한숨을 쉬며 일어났다. 에밀리는 주저하는 기색만 없다면 충분히 당당해보일 정도의 덩치였다. 자매는 키가 거의 같았지만 엘리자베스가 보통 더 크다는 인상을 주었다. 엘리자베스는 나이가 많은데도 자세가 빈틈없고 꼿꼿해서 사람이 퍽 당차보였다.

"잠깐 그 드레스 이리 줘봐." 에밀리가 돌아오자 엘리자베스가 말했다. 언니는 안경을 닦아 얼굴에 꼭 맞게 쓴 다음 드레스를 눈앞에 대고 단을 유심히 살폈다. "너 이 단 뜯어낼 거지? 그래야겠다. 지난번에 내가 입었을 때 보니 이 부분이 해져서 덜렁거리더라. 네가 똑바로 서지 않아서 그런 거야. 너나 나나 키는 비슷한데 네가 몸을 자꾸 구부려서 그 부분이 쓸리는 거잖아."

에밀리가 풀죽은 표정으로 언니와 드레스를 번갈아 바라보았다. "난 등도 굽었고 언니가 알다시피 배도 푹 꺼져서 언니처럼 똑바로 서 있기가 힘들어." 에밀리가 궁색한 변명으로 맞받았다.

"아무것도 신경 쓰지 않으면 너도 나처럼 똑바로 설 수 있어."

"내일 저거 입게 해준다면 벨벳은 뜯어내버릴 거야."

엘리자베스가 조심스럽게 드레스를 건네며 말했다. "그러는 편이 좋겠다면 뜯어내."

에밀리는 의자에 앉아서 무릎 위에 빛나는 검은 천을 편 다음 드레스를 그 위에 내려놓았다. 드레스는 검은색 실크였고 한때는 굉장히 부드럽고 톡톡했다. 지금도 그런 느낌이 상당히 많이 남아 있었다. 허리와 오버스커트 (이중으로 된 스커트의 바깥쪽──옮긴이주)에 검은색 벨벳 리본이 달려 있었다. 에밀리가 벨벳을 뜯어낸 다음 자수가 작게 수놓인 구식 검정 레이스를 대고 바느질했다. 자매는 현관 오른편 응접실에 앉아 있었다. 서향으로 난 창문 두 개를 통해 오후의 뜨거운 태양이 새어 들어와 방은 무척 더웠다. 집 앞에는 바닥이 울퉁불퉁한 벽돌로 된 시원한 공간이 있었다. 서쪽 끝에는 라일락이 우거졌다. 바깥에 앉으면 시원하고 편할 텐데 자매는 그러지 않았다.

"이웃들을 하나하나 똑바로 보며 눈도장을 찍어야 해!" 다른 사람이 이런 제안을 했다면 그들은 경악해서 소리를 질렀을 것이다. 이 나이 든 두 여인과 그들의 물건에는 항상 뭔가 조심하고 변명하는 듯한 묘한 구석이 있었다. 그 집에 들어가거나 밖에서 유심히 보기만 해도 그런 분위기를 감지할 수 있었다. 이 집 창문에는 사람 머리가 보이는 법도 없었고, 블라인드는 대체로 닫혀 있었다. 이따금 숄과 둥근 보닛으로 얼굴을 철저하게 가린 나이 든 여자가 뜰을 조심스럽게 지나쳐 현관을 살짝 열고 안으로 스르르 미끄러져 들어가는 광경이 행인에게 포착되기는 했다. 앞뜰에는 에밀리가 발삼 나무와 나스타치움과 채송화를 심어 만든 작은 정원이 있었다. 에밀리는 정원을 돌볼 때도 밖을 슬쩍슬쩍 곁눈질했다. 엘리자베스는 이른 아침에 살그머니 문을 열고 나와 누가 나타날 세라 서둘러 벽돌로 된 베란다 바닥을 쓸고는 황급히 들어가버렸다.

그들은 죄라도 지은 사람처럼 과하게 몸을 사리고 폐쇄적인 생활을 했지만, 사실 이 두 나이 든 여인보다 더 정직하고 바르게 사는 건 불가능했다. 그런데도 그들은 거실 창문을 낡은 모슬린 커튼으로 야무지게 가려 조금의 틈도 보이지 않게 했고, 거실 의자를 벽 가까이 가져다놓아 커튼이 날리지 않게 했다. 테이블에서 나오는 광택 때문에 그나마 어두침침한 실내가 조금은 밝아진 느낌이었다. 장식품도 거의 눈에 띄지 않았다. 쓸모없는 물건들은 사람들이 보지 못하도록 벽을 차지한 벽장과 찬장에 넣어두었다. 현관을 열어두는 법이 없었고, 옷장 서랍도 늘 꽉 닫혀 있었다. 이 삼엄한 휴식처에는 해골한 가족이 잘 숨겨진 느낌이었다. 그러나 실은 나름대로 긍지가 높고 감수성이 풍부한 두 여인과 그들의 순수한 뼈 외에 해골 따위는 없었다.

배브콕 자매는 둘이서만 은밀히 식사하기를 고집했다. 이웃들은 여기에 어떤 특별한 이유가 있으리라 뒷말을 해댔다. "배브콕 자매는 너무 못 먹고살아서 다른 사람들이 못 보게 하려는 것 아닐까? 부끄러워서 말이야." 물론 자매가 자신들의 소박한 식사를 다른 사람이 보는 걸 모욕으로 여기긴 했지만, 그들이 제철 음식을 풍부하게 먹을 수 있는 상황이었다고 해도 그런 태도가 크게 달랐을지는 의문이다.

배브콕 자매는 드레스에 레이스를 달고나서 바로 차를 마셨다. 그들은 항상 일찍 차를 마쳤다. 그날 밤에는 현관문을 조금 열어놓고 차를 마셨는데, 홀에서 누군가 부르는 소리가 들렸다.

자매는 몹시 당황하고 놀라서 서로를 마주보았

다. 둘다 저도 모르게 자리에서 벌떡 일어났다. 그러나 그들이 어찌할 새도 없이 문이 활짝 열렸고, 작은 사각형 티테이블과 그 위에 놓인 연초록색 묽은 홍차 찻주전자와 빵 접시, 버터를 담은 작은 유리 접시와 도자기 잔 두 개, 그리고 얇은 은 찻숟가락이 고스란히 드러나고 말았다.

"어머!" 방문객이 뒤로 움찔 물러나며 소리 질렀다. "어머, 미안해! 저녁 먹는 줄 몰랐네. 알았으면, 안 왔을 텐데. 나 금방 갈게. 뭐 특별한 일이 있어서 온 건 아니거든." 방문객은 말하는 내내 매서운 눈으로 티테이블을 훑었다. 미안하다고 사과하면서도 빵이 몇 조각인지, 버터가 어느 정도 놓여 있는지 파악했다. 자매는 위엄 있게 방문객 앞으로 한 발 다가섰다.

"저 방으로 들어가." 엘리자베스의 말에 방문객은 여전히 티테이블에 눈길을 박은 채 마지못해 옆방으로 집주인을 따라갔다.

그러나 여자는 누구나 궁금해할 배브콕 자매의 식탁보다 거실에 있는 물건 하나에 더 관심을 보였다. 자매는 깜짝 놀라 서로를 바라보았다. 검은색 실크 드레스가 테이블 옆 의자 위에 놓여 있었던 것이다. 방문객인 마틸다 제닝스가 그쪽을 향해 천천히 걸어갔다. "난 그냥 내일 피크닉에 갈 건지 물어보려고 왔…는…데." 그러고는 의자에서 드레스를 들어올렸다. "아, 드레스 수선하고 있었구나!" 마틸다가 에밀리를 넌지시 떠보았다. 마틸다는 뭔가를 돌려 말할 줄 몰랐다. 신체의 어느 부위도 그런 것에 적응되어 있지 않았다. 그래서 의도하는 바가 뚜렷이 드러났다. 마틸다는 키 작고 통통한 데다 얼굴은 누렇고 둥글었고, 작고 까만 눈이 두꺼운 눈썹 아래서 예리하게 빛났다.

"응, 맞아." 에밀리가 겁에 질린 표정으로 엘리자베스를 힐끗 쳐다보며 대답했다.

"맞아." 엘리자베스가 에밀리를 대신해 고지식하고 단호한 푸른 눈으로 마틸다를 정면으로 마주했다. "에밀리가 드레스를 고치고 있었어. 레이스가 찢어져서 말이야."

"레이스 예쁘다. 내가 어렸을 때 입었던 망토에도 저런 레이스가 달려 있었어. 이거 보니 그 망토가 생각나네. 내 건 무늬가 좀 더 촘촘했어. 가만, 엘

리자베스, 네 검은색 실크 드레스에는 벨벳이 달려 있었던 것 같은데, 맞지?'

엘리자베스가 마틸다를 찬찬히 살피며 말했다.

"응, 난 늘 검정색 벨벳이 달린 드레스를 입었지."

에밀리가 약하게 휴우, 한숨을 쉬었다. 엘리자베스가 그럴싸하게 대답하지 않을까봐 걱정이 됐던 것이다.

"그래서 말인데, 그 드레스에는 허리에 벨벳이 어떻게 달려 있어?'

"윗부분이 접히고 그 위에 달렸던 것 같아."

"한 번 아니면 두 번?'

"한 번.'

"그거 잠깐 보여 달라고 하면 너무 실례 될까? 내가 오래 입던 알파카를 좀 고쳐볼 생각이거든. 마침 마름질이 잘된 검정색 벨벳 리본이 있는데 꽤 예뻐. 나도 너처럼 옷에 그걸 달아보면 어떨까 고민 중이야.'

초콜릿색 옥양목을 입고 자매 앞에 선 마틸다 제닝스가 둘에게는 가차 없는 사형 집행인 같았다. 축 늘어진 검은 모슬린을 입은 자매는 마르고 힘없고 창백한 얼굴로 잠시 서로를 향해 엉거주춤 서 있었다. 그러다 마침내 엘리자베스가 몸을 죽 펴며 말했다. "나중에 시간 날 때 찾아놓을게."

"응, 그래주면 정말 고맙겠어." 마틸다가 대답했다. 태도는 엘리자베스의 기세에 약간 압도당한 듯했지만 눈빛만은 날카롭게 빛났다. 곧 마틸다는 집으로 돌아가 빵과 버터, 식어빠진 감자와 돼지고기, 그리고 콩까지 혼자 배불리 먹었다. 마틸다 제닝스도 배브콕 자매만큼이나 가난했다. 자매들과 마찬가지로 마틸다도 삶이 이렇다 하게 나아져본 적이 없었다. 검은 실크는커녕 질 좋은 모슬린도 가져본 적이 없었지만, 먹는 것만은 원 없이 먹었다.

배브콕 자매는 항상 은연중에 자기들이 마틸다보다 낫다고 생각했다. 그들은 어렴풋이나마 귀족의 풍모가 느껴졌다. 자매의 아버지는 대학 교육을 받은 의사였다. 마틸다의 선조들은 이 작은 마을에서도 평범하기 이를 데 없었다. 보통 목수거나 정원사였다. 어려서 함께 학교에 다닐 때도 자매는 마틸다를 아래로 내려다보았고, 나이 들고 가난해지고 친해진 후에도 그런 미묘한 감정은 남아 있었다.

배브콕 자매는 자기 집이 있고, 은행에 잔고도 좀 있어서 그 이자로 먹고 살았다. 그게 얼마나 되는지는 아무도 몰랐고, 자매가 살아 있는 동안에는 아무도 알지 못할 터였다. 혹여 집이 팔리거나 세를 준다면 잔고가 늘어나겠지만, 자매가 죽기 전에는 불가능했다. 그들은 쥐꼬리만 한 수입에 의존해 배를 골아가며 근근이 살았다. 낡은 모슬린을 수선해 입었고, 외출할 일이 있으면 비교적 괜찮은 드레스 하나를 돌아가며 입었다.

일관성이 없어 보일 수도 있지만, 자매는 아껴 산다고 남들과 어울릴 수 있는 마을 행사를 포기하고 싶지는 않았다. 작정하고 마을 행사에 참여할 때는 굳이 뭘 숨길 필요가 없어서 마음이 홀가분한 편이었다. 그러나 그들은 검은 실크가 아닌 옷을 입고 공식 석상에 나타나는 것은 다른 사람에게 존중과 배려를 받지 못할 짓이라는 나름의 개똥 철학이 있었다. 그들의 예절 관념상 검정색 실크는 영국 법정에서 법조인들이 쓰는 가발만큼이나 신성하고 필수적인 것이었다. 엉성하고 낡은 모슬린이나 양모로는 자존감이 상해 밖에 나갈 수 없었다.

마을에 사는 나이 든 사람 중에 배브콕 자매가 언제 새 드레스를 샀는지 기억하는 사람은 거의 없었다. 드레스의 부드러운 천이 오랫동안 헤지지 않게 하려고 그들은 각별한 노력을 기울였다. 드레스를 입고 걸을 때 치맛자락을 들어올리는 건 기본이고, 뾰족한 팔꿈치 부분이 의자와 테이블에 스치지 않도록 노심초사했다. 특히 외출했다 돌아오면 즉시 검은색 실크 드레스를 벗어야 했다. 그러고는 드레스를 잘 털어 조심스럽게 접은 다음 린넨 커버에 넣어 보관했다.

　7월 4일 아침, 마틸다 제닝스가 부르러 왔을 때 에밀리는 레이스를 단 검은색 실크 드레스를 입고 있었다. 마틸다는 풍성한 알파카를 입고 양철 도시락 통을 매고 있었다. 검은색 실크 드레스를 입은 에밀리를 보고 마틸다는 안색이 변했다. "맙소사! 숲을 걸을 텐데 실크 드레스를 입고 감당이 되겠어?"

　"에밀리는 많이 걷지 않을 거야. 근사해 보여야 하니까." 엘리자베스가 소리 높여 말했다.

　마틸다의 낡고 초라한 알파카는 군데군데 실밥

이 뜯어졌고, 때가 탄 주름은 기운 혼적이 역력했다. 팔꿈치도 덧대 있어서 예쁘다고 말하기 어려웠다. 그러나 나름 스커트의 모양을 과감하게 바꾸고 조각을 덧댄 팔꿈치도 살짝 비틀어 변화를 주었다.

"음, 난 늘 상황에 맞게 옷을 입는 편이야." 마틸다가 마치 많고 많은 옷 중에서 특별히 골라 입은 것처럼 당당하게 말했다. 그러나, 애써 만들어낸 허세도 무색하게 마틸다는 하루 종일 덧댄 부분과 기운 자리가 드러나지 않게 하느라 애를 썼다. 자리를 옮길 때마다 불안한 듯 스커트를 정리해야 했으며, 팔꿈치를 옆구리에 꼭 붙이고 있었다. 그러면서 내내 에밀리의 검은색 실크 드레스에서 눈을 떼지 못했다.

행사가 거의 끝나고 식사 때가 되자 마틸다는 갈색 빵과 치즈, 식어빠진 돼지고기를 게걸스럽게 먹어치웠고, 에밀리는 달콤한 케이크를 조금씩 퍼 먹으며 마틸다의 무례함에 속으로 야유를 보냈다.

지역 유명 인사들의 연설이 이어졌고, 30분마다 대포가 발사되었다. 태양은 서쪽으로 기울고, 황금빛 옅은 안개가 숲의 덤불 틈에서 피어올랐다. "공기가 축축해지고 있네." 류마티스성 관절염을 앓는 에밀리가 말했다. "우리 좀 걷다가 집에 가는 게 어떨까?"

"음, 그게 좋겠어. 드레스 안 젖게 들어올리지 그래."

나이 든 두 여인은 매무새를 가다듬고 힘겹게 일어서서 미끌미끌한 솔잎을 조심조심 밟아가며 숲을 걷기 시작했다. 주변에서는 즐거운 외침이 끊이지 않았고, 초록 가지들은 밝은 휘장처럼 펄럭였다. 한 번씩 폭죽 터지는 소리나 대포의 꽝음, 아니면 색소폰의 구슬픈 선율이 들려왔다. 이따금 푸른 화약 연기가 이슬 머금은 땅에서 피어올랐다.

에밀리는 눈이 나빠서 긴 목을 앞으로 쭉 뺀 채 전방을 찬찬히 가늠해가며 조심조심 몸을 움직였다. 갑자기 앞장서 걷던 마틸다가 옆으로 몸을 뺐다. 에밀리는 소중한 검은색 실크 드레스 자락을 부여잡고 아무 의심 없이 계속 걸었다. 그때 갑자기 연기가 치솟으며 불길이 타올랐고, 그제야 누군가 피하라고 소리쳤다. 그러나 너무 갑작스런 상황에 우리의 불쌍한 에밀리 배브콕은 재빨리 몸을 빼지 못하고 시험에 든 순교자처럼 몸을 비틀어댔다.
"아, 아, 아!' 에밀리가 비명을 질렀다.

마틸다 제닝스는 계속 나아갔고, 에밀리는 잿더
미 위에 서서 하얗게 질린 채 바들바들 떨었다. "너
폭죽 터트리던 자리에 들어가버렸구나. 좀 전에 남
자아이 하나가 그곳에 있다가 달려갔는데 그걸 못
봤니? 어쩌려고 그 안에 들어갔어. 얼른 나와."

"못… 나가." 에밀리가 숨이 막히는지 말도 제대
로 못했다.

"크게 다치지는 않은 것 같은데, 왜? 저 자식들
혼구멍 좀 내줘야겠다. 어디 덴 건 아니지, 에밀
리?'

"응, 데진 않은 것 같아."

"근데 네 드레스… 드레스 좀 보자. 맙소사! 이를
어쩌나! 주름 있는 부분에 구멍이 나버렸네. 겉으로
봐도 다 보여!'

사실이었다. 검은색 실크 드레스 단을 장식한 주
름에 군데군데 탄 자국이 역력했다. 에밀리는 그걸
보고 머리가 어지러웠다. "아, 이걸 어째! 나 바로
집에 가야겠어." 에밀리가 끙끙 앓는 소리를 냈다.

"꿰매면 되지, 그것 가지고 뭘 그리 야단법석이야." 마틸다가 불편한 기색으로 말했다.

에밀리는 잠자코 집으로 갔다. 길가에 있는 풀들 때문에 드레스가 엉망이 됐지만 개의치 않았다. 너무 빨리 걸어서 마틸다가 따라잡지도 못할 지경이었다. 집에 도착하자 에밀리는 마틸다가 뒤에 있거나 말거나 문을 벌컥 열어젖히더니 안으로 뛰어 들어가버렸다.

엘리자베스가 손에 편지 한 통을 들고 응접실로 나왔다. 동생의 얼굴을 보고 깜짝 놀라 소리를 질렀다. "왜 그래, 에밀리, 무슨 일이야?"

"언넌 이제 밖에 못 나가. 다신 못 나간다고, 못 나가!"

"내가 왜 못 나가? 무슨 소리야, 에밀리 배브콕?"

"못 나가, 다시는. 내가 폭죽 터트린 자리를 모르고 밟아서 여기 큰 구멍이 여러 개 생겼어. 이제 사람들 모르게 그걸 입을 수도 없어. 마틸다 제닝스가 알아차릴 게 뻔해. 아, 언니, 어쩜 좋아!"

"그래? 그런 거라면 내가 평생 나갈 일이 없기를 바라면 되지 뭐. 어디 봐. 흠, 고칠 수 있을 것 같은

데."

"아냐, 못 고쳐. 수선한다 해도 마틸다가 알아볼 거야. 어떡해! 아, 어떡하냐고!" 에밀리가 구석에 쭈그리고 앉아 손으로 얼굴을 감쌌다.

"그게 중요한 게 아냐. 내가 방금 편지를 한 통 받았어. 엘리자베스 고모가 죽었대."

에밀리가 엘리자베스를 올려다보며 절망적인 목소리로 물었다. "언제?"

"지난주에."

"우리더러 장례식에 오래?"

"당연히 오라고 하지. 근데 그게 지난 주 금요일 오후 2시였어. 편지가 장례식 전에 우리한테 도착하지 않을 줄 알았겠지만, 어쨌든 알리기는 해야 했겠지."

"뭐 땜에 돌아가셨대?"

"다른 게 있었겠지만 기본적으론 노환이지 뭐. 엘리자베스 고모 팔십이 훨씬 넘었잖아."

에밀리는 앉아서 생각에 잠겼다. 언니가 편지 내용에 관해 얘기하는 동안 에밀리는 가만히 듣고만 있었다. 그러다 불쑥 끼어들었다. "언니!"

"왜?"

"엄마 돌아가셨을 때 우리가 썼던 크레이프 베일 기억나지?"

"응, 근데 왜?"

"그 베일의 주름을 떼다가 언니가 이 드레스 입을 때 붙이면 어떨까. 그럼 마틸다가 모를 것 같아."

"내가 뭐 하러 크레이프 주름까지 붙여서 입어?"

"음, 엘리자베스 고모를 추모해야지."

"에밀리 배브콕, 넌 안 하는데 나만 하는 게 무슨 의미가 있어?"

"언닌 고모랑 이름이 똑같잖아. 그건 엄청 다른 거야. 사람들한테 언니의 이름을 딴 고모가 돌아가셔서 언니가 가진 옷 중에 가장 좋은 것을 입었다고 말하면 되잖아."

"드레스 입을 때마다 주름을 바꿔 다는 건 너무 성가시다."

"내가 할게. 나 진짜 잘할 수 있어. 오, 언니. 난 언니가 드레스 때문에 다시는 밖에 나갈 수 없다면 미안해서 죽을 것 같아."

"맙소사, 그런 말이 어딨어, 에밀리! 그럼 저녁 먹

고 그 베일 꺼내서 살펴보자."

다음 주 일요일, 엘리자베스는 크레이프 주름을 단 검정색 실크 드레스를 입고 교회에 갔다. 마틸다 제닝스가 엘리자베스와 함께 집까지 걸어오며 새 주름 장식을 뚫어져라 쳐다봤다. "못 보던 거네." 마틸다가 말했다.

"지난주에 엘리자베스 테일러 고모가 돌아가셨다는 소식을 들었어. 그래서 고모를 추모하려고 크레이프 베일을 입어야겠다 싶더라." 엘리자베스가 힘주어 얘기했다.

"에밀리도 상복 입었어?"

"에밀리는 그럴 필요까진 없어. 난 고모 이름을 땄지만 에밀리는 아니잖아. 그리고 에밀리는 고모를 어릴 때 딱 한 번밖에 못 봤어. 내가 고모를 뵌 것도 십 년은 된 것 같아. 서부에 사셨거든. 그러니 에밀리까지 상복을 입을 필욘 없지."

마틸다가 더는 아무 말도 하지 않았지만, 배브콕의 집 앞에서 헤어질 때까지도 마틸다는 의심의 눈초리를 거두지 않았다.

다음 주에 엘리자베스 테일러 고모의 옷이 가득

담긴 트렁크가 서부에서 도착했다. 고모의 딸이 보낸 거였다. 트렁크에는 노부인의 화려한 옷과 보석들이 가득 들어 있었고, 여러 옷가지 중에 검은색 실크 드레스 두 벌도 있었다. 엘리자베스 고모는 팔십 대였지만, 옷을 굉장히 잘 입는 노부인이었다. 두 자매에게 이는 굉장히 놀라운 일이었다. 이런 건 평생 꿈에도 바란 적이 없었다. 그들은 보물을 끄집어내면서 경외심과 기쁨으로 가슴이 두방망이질쳤다. 에밀리가 앙상한 손으로 언니의 살 없는 팔을 껴안았다.

"언니!"

"왜?"

"우리 이 이야기 아무한테도 하지 말자. 그리고 다음 안식일에는 둘 다 검은색 실크 드레스를 입고 나가서 마틸다 제닝스에게 보여주자."

엘리자베스가 에밀리를 보았다. 엘리자베스의 흐릿하고 푸른 두 눈에 눈물이 맺혔고, 울지 않으려고 입술을 앙다물어야 했다. "그래, 그러자."

다음 주 일요일, 자매는 검은색 실크 드레스를 입고 교회에 갔다. 그 주 내내 둘은 함께 바느질 모임에 갔고, 이제 교회에도 함께 나타났다. 마틸다 제닝스는 깜짝 놀랐고, 이유가 뭔지 궁금해 미칠 지경이었다. 배브콕 자매들이 함께 밖에 나다니지 않는 것이야말로 동네 사람들이 최고로 입에 올리기 좋아하는 주제였다. 그간 그에 관해서 무수한 억측이 있었다. 이제 그들이 세 번이나 연속으로 함께 모습을 드러내자 더 많은 말들이 난무했다.

두 주 지난 월요일, 마틸다 제닝스는 배브콕 자매의 집에 갔다. 망토 보닛이 한쪽으로 쏠려 꽉 묶여 있었다. 마틸다는 시원찮은 근육을 동원해서 걸쇠를 젖힌 다음 조심스럽게 문을 밀고 안으로 들어갔다. 자매가 권해주는 의자에 앉자 옥양목 드레스의 무릎께에 낡은 부분이 훤히 드러났다.

"우리 어제 안식일 행사 때 참 즐거웠어, 그치?" 마틸다가 말했다.

"진짜 재밌었어." 자매가 맞장구쳤다.

"너희들에 관해 뒷말하던 사람들 코가 아주 납작해졌더라."

배브콕 자매가 다시 맞장구를 쳤다.

"너희들이 함께 나타난 거 보고 사람들이 아주

야단이었어." 마틸다가 힘찬 합창이라도 하듯 떠들어댔다. 그러더니 갑자기 앞으로 몸을 기울이고는 뻐딱하게 쓴 보닛 너머로 얼굴을 내밀어 화사하게 웃으며 말했다. "난 너희들이 함께 밖에 나온 걸 보고 너무 기뻤어." 마틸다가 은밀하게 속삭였다.

자매가 어색하게 웃었다.

마틸다가 잠시 말을 멈추고는 요점을 공격할 수 있는 힘을 모으기라도 하듯 의자 등받이에 몸을 똑바로 기대 앉았다. 웃음기도 거두었다. "난 너희들이 함께 밖에 나온 걸 보게 돼서 기뻐. 왜냐하면 난 늘 사람들의 말이 너무 가혹하다고 생각했거든."

엘리자베스가 마틸다를 보았다. "사람들이 뭐랬는데?"

"음, 내가 그 말을 해주는 게 괜찮을지 모르겠다. 당분간은 말하지 말아야겠다고 생각했거든. 너와 에밀리 사이가 좋지 않아서 함께 외출하지 않는 거란 말이 그새 심심찮게 돌았었어. 물론 난 그게 아닐 거라고 말했지만, 난들 제대로 알아야지 뭐. 어쨌든 난 너희들이 함께 밖에 나다녀서 너무 좋아. 사람들은 저마다 속사정이 있는 거지 뭐. 그리고 설사 너희들한테 문제가 있었더라도 해결됐으면 된 거지."

"우리 아무 문제없어."

"음, 그렇담 다행이고. 만약 있었대도 이제 해결됐으니 된 거지. 다른 사람들도 그럴 거야."

엘리자베스가 벌떡 일어섰다. "우리가 왜 함께 나가지 않았는지 알고 싶으면, 말해줄게. 넌 별별 생각을 다 해봤겠지만, 이제 내 입으로 확인해줄 거야. 네가 그렇게 하도록 만드네. 사실 우리한테는 입고 나갈 만한 드레스가 하나밖에 없었어. 그래서 에밀리와 내가 번갈아가며 그걸 입은 거야. 에밀리가 입을 땐 레이스를 달고, 내가 입을 땐 레이스를 떼어내고 검은색 벨벳을 달았지. 그래서 사람들이 그게 같은 드레스인지 몰랐던 거야. 에밀리와 난 평생 한 번도 싸워본 적 없는데, 사람들은 아무것도 모르면서 그런 말을 했어."

에밀리가 손수건을 얼굴에 대고 작은 소리로 울었다. 그러나 엘리자베스는 울지 않았다. 오히려 뺨이 발갛게 상기된 채 큰 키로 마틸다 제닝스를 당당하게 내려다보았다.

"나와 이름이 똑같은 엘리자베스 고모가 몇 주 전에 돌아가셨어. 그리고 사촌들이 우리한테 고모의 옷가지가 가득 든 트렁크를 하나 보내줬어. 거기에 멋진 드레스가 두 벌이나 있더라. 그래서 그 후로 에밀리와 내가 함께 밖에 나갈 수 있게 된 거야. 마틸다 제닝스, 이제 넌 이야기의 전후를 다 들었어. 만족하니?"

마틸다 제닝스는 호기심과 궁금증이 풀렸으니 전보다 더 기뻐야 마땅했다. 사실 마틸다는 마을 사람 누구도 상상하지 못한 것을 의심했었다. 이제 배브콕 자매가 자존심 때문에 마을 전체에 비밀로 했던 내용이 다 밝혀졌고, 의심은 입증됐다. 그럼에도 마틸다는 뭔가 불편하고 개운하지 않아 보였다. "나 아무에게도 말하지 않을게."

"네가 말하고 싶지 않으면 하지 마."

"아무한테도 말 안 할 거야." 마틸다 제닝스가 일어나 응접실 문을 통과해 나가다 말고 갑자기 돌아서서 표정을 바꾸고 말을 쏟아냈다. "난 그 검은색 실크 드레스가 불편했어. 뭔가 분명 있는 것 같아 자꾸 신경이 쓰였다고. 나한텐 검은색 실크 드레스가 없고, 내가 알기로 우리 식구 중에는 누구도 그걸 입은 사람이 없어. 난 밖에 입고 나갈 그럴싸한 옷이 하나도 없단 말이야."

잠시 침묵이 흘렀다. "우리 아무 얘기 하지 말자." 한참 만에 엘리자베스가 말했고, 에밀리는 그에 반응하듯 흐느꼈다. 마틸다가 문을 통과한 다음 바깥문을 열었다. 그때 엘리자베스가 여동생에게 뭔가 귓속말하자 에밀리가 고개를 힘차게 끄덕였다. "언니가 말해."

"마틸다." 엘리자베스의 부름에 마틸다가 돌아보았다. "할 말이 있어. 좀 타긴 했지만, 우리가 잘 수선했거든. 너만 괜찮다면 그거 가질래? 검정 실크 드레스 말이야. 에밀리와 난 이제 그거 필요 없으니까, 네가 가져가면 좋겠어."

마틸다 제닝스는 차오르는 눈물을 애써 참았다. "고마워." 마틸다가 걸걸한 목소리로 말하고는 복도로 나가 계단을 걸어 내려갔다. 에밀리의 꽃밭이 보였다. 나스타치움의 달콤한 향내가 코를 찔렀다. 이른 시각이어서 채송화가 노란색과 진홍색 잎을 활짝 펼치고 있었다.

마틸다가 뒤를 돌다가 널찍한 발로 길에 제멋대로 핀 노란 채송화를 밟아버렸지만, 전혀 눈치 채지 못했다. 그러고는 꽃길을 통과해 다시 집 안으로 들어갔다. 마틸다가 엘리자베스와 에밀리 앞에 섰다.

"있잖아." 마틸다의 거칠고 쭈글쭈글한 얼굴에서 고운 빛이 어렵사리 삐져나오고 있었다. "이 말 꼭 하고 싶어. 나 그때 애들이 폭죽 터트리는 거 보고도 에밀리가 그 자리에 들어서려는 걸 말리지 않았어."

뉴잉글랜드 수녀

A New England Nun

늦은 오후, 날이 저물고 있었다. 뜰에 선 나무들의 그림자도 모양이 바뀌었다. 멀리서 소가 울었고, 종이 낮게 땡그랑거렸다. 이따금 농장 마차가 먼지를 날리며 힘겹게 지나갔다. 삽을 어깨에 멘 푸른 옷의 노동자들이 느릿느릿 걸어가면 파리 떼 역시 사람들의 눈앞을 한가로이 오르내렸다. 모든 게 밤의 휴식과 정적을 예고하듯, 그저 가라앉기만을 바라며 조금씩 천천히 움직이는 느낌이었다.

루이자 엘리스의 고요한 하루도 끝나가고 있었다. 루이자는 오후 내내 거실 창가에 앉아 평화롭게 바느질을 했다. 이제 천천히 바늘을 천에 밀어넣고 착착 갠 다음, 골무와 실과 바늘이 담긴 바구니에 집 어넣었다. 루이자는 오래 사용해서 자신의 일부가 돼버린 이런 작은 도구들을 하나도 허투루 다루는 법이 없었다.

루이자는 허리에 초록색 앞치마를 둘러 묶고 초록 리본이 달린 납작한 밀짚모자를 꺼내 썼다. 그러고는 작고 파란 도자기 그릇을 들고 차에 넣을 까치밥나무 열매를 따러 정원으로 나갔다. 열매를 딴 다음 뒷문 계단에 앉아 열매꼭지를 땄다. 줄기는 앞치마에 모아 닭장에 던졌다. 혹시 떨어진 게 없는지 계단 옆을 세세히 살폈다.

루이자는 조용하고 차분히 움직였다. 시간을 들여 정성껏 차를 준비한 다음 자신만을 위해 차를 차려냈다. 주방 한가운데 놓인 작은 사각 테이블에는 시원시원한 꽃무늬가 장식된 풀 먹인 린넨 식탁보가 덮여 있었다. 찻쟁반에 다마스크 냅킨을 얹은 다음 찻숟가락이 가득 든 유리 텀블러와 은제 크림 통, 도자기로 된 설탕 통, 그리고 분홍색 도자기 컵과 컵 받침을 올려놓았다.

루이자는 매일 도자기를 사용했다. 이웃들은 그걸 두고 뒤에서 쑥덕쑥덕 입방아를 찧었다. 그도 그럴 것이 그들은 최고로 좋은 도자기 세트를 거실 장식장에 고이 모셔두고 테이블에는 평범한 그릇들만 내놓았다. 루이자 엘리스가 그들보다 딱히 더 부유하거나 지체 높지도 않았다. 그럼에도 루이자는 도자기를 고집했다.

저녁으로 먹기 위해 설탕에 절인 열매가 가득 담긴 유리그릇과, 작은 케이크가 담긴 쟁반 그리고 흰 비스킷 하나를 차려냈다. 거기다 정성스레 가려 뽑은 상추 한두 잎까지 곁들였다. 루이자는 상추를 아주 좋아해서, 작은 정원 가득 상추를 키웠다. 이제 루이자는 부드럽게 애무하듯 천천히 음식을 먹었다. 음식을 그런 식으로 우아하게 먹을 수 있다니 놀라웠다.

차를 마신 후, 루이자는 잘 구운 얇은 옥수수 케이크를 쟁반에 담아 뒤뜰로 가지고 나갔다.

"시저! 시저! 시저!"

즉시 체인이 철컥거리는 소리가 들리더니 키 큰 풀과 꽃들에 반쯤 가려진 작은 개집에서 누르스름

한 큰 개 한 마리가 모습을 드러냈다. 루이자는 시저를 쓰다듬은 다음 앞에 옥수수 케이크를 놓아주었다. 그러고는 집으로 돌아와 도자기를 정성스럽게 닦고 뒷정리를 했다. 땅거미가 짙어졌다. 열린 창문을 통해 크고 새된 개구리의 합창이 정겹게 들려왔고, 길고 날카로운 나무두꺼비의 웅웅대는 소리도 간간이 들렸다. 초록색 면 앞치마를 벗자 분홍색과 흰색으로 된 더 짧은 앞치마가 드러났다. 이제 램프에 불을 켠 다음 바느질감을 들고 다시 자리에 앉았다.

30분 정도 지나 조 대깃이 왔다. 진입로에 들어서는 그의 무거운 발소리를 듣고 루이자는 얼른 일어나 분홍색과 흰색으로 된 앞치마를 벗었다. 그 아래 또 앞치마가 있었다. 아랫단에 얇게 케임브릭 천을 댄 접대용 흰색 린넨 앞치마였다. 흰색 앞치마는 손님맞이용이었다. 루이자는 한 치의 어긋남 없이 분홍색 앞치마를 접어 테이블 서랍에 넣었다. 때맞춰 문이 열리며 조 대깃이 들어섰다.

조가 들어오자 온 방이 꽉 찬 것 같았다. 남쪽 창가 초록 새장에 잠들어 있던 작고 노란 카나리아가

깨어나 여린 날개를 창살에 부딪치며 거칠게 퍼덕거렸다. 카나리아는 조 대깃이 방에 들어오면 항상 그랬다.

"어서 와요." 루이자가 좀 심하다 싶을 만큼 깍듯하게 인사했다.

"루이자, 잘 있었어요?" 남자가 큰 목소리로 맞받아 인사했다.

루이자는 조에게 의자를 권했고, 둘은 테이블을 사이에 두고 마주 앉았다. 조는 등을 꼿꼿이 세우고 앉아 두꺼운 발을 밖으로 약간 벌린 채 다소 어색하게 방을 둘러보았다. 루이자는 흰 린넨 무릎에 손을 가지런히 포갠 채 얌전한 자세로 앉아 있었다.

"오늘도 별일 없었군요." 조 대깃이 물었다.

"네." 루이자가 조용히 대답했다. "오늘 건초 작업 했나요?"

"네, 종일 건초를 말렸어요, 10에이커나 되는 곳을. 얼마나 덥던지."

"그랬겠네요."

"땡볕에 있자니 쩌 죽을 것 같았어요."

"오늘 어머님은 좀 어떠세요?"

"뭐 그럭저럭 괜찮은 것 같아요."

"지금 릴리 다이어가 어머님 옆에 있겠군요."

조 대깃이 얼굴을 붉히더니 느리게 대답했다. "네에."

조는 어린 소년처럼 어색한 미소를 지었다. 루이자는 조 대깃보다 나이가 어리고 얼굴은 뽀송뽀송했지만, 훨씬 조숙해 보였다.

"릴리가 어머님에게 큰 도움이 되겠군요." 잠시 후에 루이자가 말했다.

"네. 릴리가 없었으면 어머니가 어떻게 지내셨을지…." 조가 온화한 표정으로 말했다.

"릴리는 얼굴도 예쁘고 일도 잘하는 것 같아요." 루이자가 말했다.

"네, 아주 참한 사람이에요."

이제 조는 테이블 위에 있는 책들을 들춰 보기 시작했다. 정사각형의 붉은 사인북과, 한때 루이자의 어머니 것이었던 젊은 여인의 수기 등이 있었다. 조는 그것들을 하나씩 펼쳐 보고는 수기 위에 사인북을 조심스럽게 내려놓았다.

루이자가 약간 불안해하며 계속 테이블 위를 내

려다보았다. 그러다 못 참겠는지 자리에서 일어나 처음 정돈되어 있던 방식대로 수기와 사인북의 순서를 바꿔놓았다.

조가 약간 멋쩍게 웃었다. "어떤 책이 위에 있든 무슨 차이라고."

루이자가 약간 경멸하듯 웃으며 대깃을 바라보았다. "난 항상 그런 식으로 놔두거든요."

"참 어이 없군." 조가 큰 얼굴을 붉히며 과하게 웃었다.

한 시간 정도 더 머문 다음 조 대깃이 돌아가려고 일어섰다. 밖으로 걸어 나가다 깔개에 걸려 비틀거렸고, 몸을 바로 세운다는 게 테이블 위에 있는 루이자의 바느질 바구니를 쳐서 땅에 떨어뜨렸다.

조가 루이자의 눈치를 살핀 후 바닥에 풀린 실타래를 보았다. 어색하게 몸을 숙여 실타래를 주우려 했으나 루이자가 못하게 막았다. "괜찮아요. 당신이 간 다음에 내가 할게요."

루이자의 말투가 약간 딱딱했다. 루이자 본인이 심란해서였는지, 조의 불안함이 영향을 미쳤는지, 약혼자를 안심시키려는 노력도 헛되이 루이자는 자꾸 경직됨을 느꼈다.

밖으로 나온 조 대깃은 한숨을 쉬며 부드러운 저녁 공기를 들이마셨다. 마치 순하게 길들여진 곰이 도자기 가게에서 막 빠져나온 것 같았다.

마찬가지로 루이자는, 그 곰이 나간 다음 마음씨 곱고 인내심 강한 도자기 가게 주인이 느꼈음 직한 감정을 느꼈다.

루이자는 분홍색 앞치마를 묶고 그 위에 다시 초록색 앞치마를 두른 다음 흩어진 보물들을 한데 모아 바구니에 넣고 깔개를 바로 폈다. 그러고는 바닥에 램프를 비춰가며 카펫을 꼼꼼히 살피기 시작했다. 심지어 손가락으로 일일이 카펫을 훑어 상태를 확인했다.

"흙먼지를 잔뜩 묻혀놨을 거야. 분명히." 루이자가 중얼거렸다.

루이자는 쓰레받기와 빗자루를 가지고 와서 조 대깃이 지나간 자리를 조심스럽게 쓸었다.

만약 조가 그걸 봤다면, 비록 신의가 무너지지는 않을지언정 꽤 거북하고 당황스러웠을 것이다. 조는 일 주일에 두 번 루이자를 보러 왔고, 올 때마다 루이자의 정갈한 방에 앉아 마치 장벽에 둘러싸인 듯 답답함을 느꼈다. 최대한 조심해가며 동화 속 성벽 같은 공간에 투박한 발과 손을 들여놓는데도, 조는 루이자가 자신의 일거수일투족을 못마땅해 하는 것 같아 늘 불편했다.

그럼에도 조 대깃은 루이자에게 완벽한 존중과 인내와 신의를 바쳐야 했다. 두 사람은 15년 간 이어온 교제 기간을 끝내고 한 달 후에 결혼할 예정이었다. 15년 중 14년 동안은 서로 한 번도 만나지 못했고 편지 교환도 거의 없었다. 조는 돈을 벌기 위해 호주에 갔고, 돈을 벌 때까지 십 수년 세월을 호주에서 살았다. 돌아오는 걸음이 그렇게 무거울 줄 알았다면 50년을 더 그곳에서 머물거나, 아예 루이자와 결혼할 생각을 버리고 돌아오지 않았을 것이다.

그러나 돈은 14년 만에 다 모였고, 이제 조 대깃은 그 긴 세월 동안 자신을 묵묵히 기다려준 여인과 결혼하기 위해 집으로 돌아왔다.

15년 전 약혼 직후, 조는 결혼하기 전에 새로운 분야에 뛰어들어 기반을 잡고 싶다고 말했다. 늘 그랬듯 루이자는 그 말에 흔쾌히 동의해주었다. 연인이 길고 불확실한 여정에 나서는데도 가타부타 토를 달지 않았던 것이다. 조는 자신의 단호한 결정에 자신감이 충만했는데도 서운한 마음은 남아 조금 눈물을 보였지만, 루이자는 살짝 얼굴을 붉히며 그에게 키스한 다음 담담하게 작별 인사를 했다.

"오래 걸리진 않을 거요." 가련한 조가 쉰 목소리로 말했지만, 14년이 무심히 흘렀다.

14년 동안 많은 일이 있었다. 루이자는 어머니와 오빠가 죽고 아무 의지할 데 없는 혈혈단신이 되었다. 그 뒤로 너무 평범하게 진행돼서 잘 알지 못했던 아주 미묘한 변화가 루이자에게 일어났다. 루이자는 홀로 잔잔하고 평화로운 하늘 아래 부드럽게 펼쳐진 새로운 길에 발을 들여놓았는데 그 길은 너무 곧고 한결 같아서 죽을 때까지 계속될 것 같았다. 또한 너무 좁아서 옆에 누군가와 함께 걸을 공간이 없었다.

조 대깃이 돌아왔을 때 루이자가 처음 느낀 감정은 (조는 그가 온다는 사실을 미리 알리지 않았다.) 스스로 인정하기 어렵지만 '실망'이었다. 당연히 조는 루이자가 그런 감정을 가질 줄은 꿈에도 생각하지 못했다. 15년 전 루이자는 그를 깊이 사랑했다, 적어도 조는 그렇게 믿었다. 당시에는 평범하게 소녀에서 아가씨가 되는 과정이었기에 루이자는 결혼을 인생의 당연한 절차요, 바람직한 결과로 여겼다.

루이자는 결혼에 관한 한 어머니의 관점을 고스란히 자기 것으로 받아들였다. 루이자의 어머니는 냉철하지만 다정하고 성품도 차분하기로 유명했다. 조 대깃이 나타났을 때 어머니는 딸에게 현명한 조언을 해주었고, 루이자도 망설임 없이 그를 받아들였다. 조 대깃은 루이자가 사랑한 첫 남자였다.

조 대깃이 나가 있는 동안 루이자는 조에게 충실했다. 다른 사람과 결혼할 수 있다는 생각은 해본 적이 없었다. 그녀의 삶, 특히 지난 7년 간의 삶은 기분 좋고 평화로워서 연인의 부재에 전혀 조바심이 나거나 짜증나지 않았다. 그저 약혼자와 결혼하는 것을 세상만사의 당연한 귀결로 여기고 한결같이 그의 귀환을 고대했다. 그러나 루이자는 그게 까마득한 먼 미래나 내세에 일어날 일처럼 막연하게 여겼다.

마침내 14년 동안 기다려 마지않던 순간이 돌아왔지만, 루이자는 기쁘기보다 마치 오지 않을 사람이 온 것처럼 놀랍기만 했다.

조의 실망은 그보다 조금 늦게 찾아왔다. 조는 자기가 그토록 그리워하던 여자를 보고 감개무량했다. 루이자는 거의 변한 게 없었다. 여전히 우아하고 단아했으며, 전처럼 완벽했다. 그간 조 역시 자기가 할 바에 충실했다. 입신양명의 길도, 귓가를 속살거리는 크고 달콤한 사랑의 유혹도 애써 피했다. 조 대깃은 온통 루이자를 향한 사랑의 노래에만 길들어 있었고, 아직도 거기에만 반응할 정도로 신의가 두터웠다. 그러나 노래는 여전하되 그 노래가 향하는 대상은 조금 달라진 것 같았다.

루이자에게는 바람이 실어다주는 사랑의 노래가 전혀 달콤하지 않고 웅얼거림으로밖에 느껴지지 않았다. 심지어 조금 더 지나자 그것마저 사라져 아무것도 들리지 않았다. 한동안은 루이자도 절반쯤은 기대를 가지고 애써 사랑의 노래를 되찾으려 했지만, 이젠 깨끗이 포기하고 웨딩 가운 만드는 일만 계속했다.

조는 낡은 농가를 대대적으로 개조했다. 조의 어머니가 오래된 농가를 떠날 생각이 없어서, 조는 루이자와 결혼하면 고친 집에 함께 들어가 살 계획이었다. 그래서 루이자가 자기 집을 떠나야 했다.

요즘 루이자는 매일 아침, 처녀 시절을 함께한 정갈한 물건들 틈에서 잠 깨어 사랑하는 친구들에게 마지막 얼굴 도장을 찍듯 집 안을 둘러보았다. 당연히 그것들을 가져갈 수야 있겠지만, 익숙한 환경에서 분리된 물건들이 새로운 곳에서 원래의 기능을 하지 못할 건 불 보듯 뻔했다. 루이자의 공간에는 고즈넉한 삶의 독특한 분위기가 깃들어 있었는데, 그것까지 모두 포기해야 할 터였다. 우아하지만 실용적이지 않은 것들보다 현실적이고 시급한 일이 루이자에게 닥쳐올 것이다. 큰 집을 건사해야 할 것이고, 사람들과 어쩔 수 없이 어울려야 할 것이며, 엄하고 노쇠한 조의 어머니를 봉양해야 할 것이다. 그런데도 검약을 중시하는 마을 전통에 따라 하인을 여러 명 두지는 못할 게 분명했다.

루이자는 장미와 페퍼민트와 스피어민트에서 나오는 달콤하고 향긋한 진액을 증류해가면서 여름날을 고요하고 쾌적하게 보내곤 했다. 머지않아 이런 삶에서도 멀어질 것이다. 저장해둔 진액만도 이미 상당했으므로, 단순히 여유를 찾고 싶어 증류할 시간을 가지지는 못할 터였다. 게다가 조의 어머니는 그런 일을 하찮다고 여기는 사람이었다. 그 문제에 관해서라면 이미 넌지시 의견을 밝힌 바 있다.

루이자는 린넨 바느질을 몹시 좋아했다. 꼭 필요한 물건이 있어서가 아니라 바느질 자체가 즐거웠다. 인정하기는 뭣하지만 바느질하는 기쁨을 누리고 싶어 멀쩡한 천을 찢은 적도 여러 번 있었다. 화창하고 한가한 오후 창가에 앉아 바늘을 정갈한 천에 찔러 넣는 행위 자체에서 평화를 찾았다. 그러나 앞으로는 그런 얼빠진 평화의 기회를 웬만해선 찾기 어려울 것이다. 고압적인 조의 어머니와, 조의 어머니만큼 나이가 지긋한 약삭빠른 가정부와, 남성적인 무례함을 가감 없이 내보이는 조 대깃이, 이 예쁘지만 의미는 없는 노처녀의 방식을 비웃고 마땅찮아 할 것이다.

루이자는 집을 정리 정돈하는 데 거의 예술가적인 열정을 쏟았다. 보석처럼 빛나도록 광을 낸 창유리를 보며 진심 어린 환희를 느끼고 전율했다. 루이 자는 옷장 서랍을 애정 어린 눈길로 들여다보았다. 내용물들은 라벤더와 클로버 향을 풍기며 정갈하게 잘 수납되어 있었다. 과연 앞으로 루이자는 이런 것들 없이 살 수 있을까? 루이자는 조화롭고 세심하게 관리된 집에 남성이 존재함으로 인해 필연적으로 발생하는 먼지와 무질서를, 끝없이 발견되는 남성 관련 물건들을 자신이 난처한 정도로 질색하는 데 스스로도 놀라고 있었다.

여러 가지 소동이 예상됐지만, 그 가운데 시저에 관한 것은 없었다. 처음에는 그랬다. 시저는 견공계의 진정한 은둔자였다. 시저는 다른 개들과 동떨어진 채 외딴 집에서 자기만의 순전한 기쁨을 누리며 살았다. 새끼 때부터 개구멍을 넘보지 않았으며, 이웃의 주방 문 앞에 놓인 뼈를 탐하지 않았다.

죄라면 어린 테를 벗지 못했을 때 딱 한 번 저지른 게 다였다. 이 안색이 온화하고 순진하게 생긴 늙은 개는 아마 그 과오를 후회하고 또 했을 것이다. 그러나 반성을 했든 말든, 시저는 자기가 한 일에 응당한 대가를 치러야 했다. 늙은 개 시저는 목소리를 높여 짖거나 으르렁대는 일이 거의 없었다. 살찐 몸으로 늘 반쯤 잠들어 있었고, 눈은 침침했으며, 눈가에는 안경처럼 누런 원이 생겨 있었다.

풋내기 때 날카롭고 흰 유치로 이웃을 물었고, 그로 인해 14년 동안 작은 집에서 사슬에 묶여 지냈다. 어린 시저에게 물린 이웃은 상처가 쿡쿡 쑤시고 아프다고 난리를 피우면서 시저를 죽이거나 철저히 격리해야 한다고 주장했다. 그래서 그 당시 시저의 주인이었던 루이자의 오빠가 작은 개집을 만들어 시저를 묶었다. 그 후 14년 동안 시저는 사람을 물었다는 사실에 괴로워했고, 늘 사슬에 묶인 채 루이자 남매의 철저한 보호를 받으며 죄수처럼 늙어갔다.

야망이 제한된 것도 모자라 시저에겐 큰 오명이 있었다. 동네에 있는 모든 아이들과 많은 어른들이 시저를 흉포함의 대명사로 여겼다. 게오르기우스의 용 정도나 돼야 루이자 엘리스의 늙고 누런 개의 악명을 능가할 것 같았다. 엄마는 아이에게 시저 근처에는 가지도 말라 경고했고, 아이들은 엄마 말은 들어야 하지만 궁금하긴 해서, 루이자의 집을 지나칠

때마다 무서운 개를 곁눈질하고 심지어 뒤를 돌아보면서까지 눈을 떼지 못한 채 꽁지가 빠지게 도망쳤다. 어쩌다 시저가 컹, 짖기만 해도 모두 패닉에 빠졌다. 혹시 루이자의 뜰에 들어갈 일이 생겨도 사람들은 두려움 가득한 눈으로 시저를 살피며 체인이 단단히 묶여 있는지 물어보았다. 대체로 시저는 지극히 일반적인 개였고, 좀체 흥분하지 않았다. 오명에 짓눌려 체인에 묶인 채 본연의 모습을 잃고 그저 덩치만 큰 개로 존재했다.

그러나 특유의 유머 감각을 가진 약삭빠른 조 대깃은 시저를 시저 본연의 모습으로 대접했다. 조는 루이자의 경고에도 개의치 않고 용감무쌍한 기상으로 시저에게 다가가 머리를 쓰다듬고 심지어 풀어주려고 했다. 루이자가 질색하는 바람에 그만두긴 했지만 수시로 그 문제에 관해 자신의 의견을 피력했다. "마을에 시저보다 순한 개는 없어요. 그런 애를 계속 저렇게 매놓는 건 너무 잔인해. 내 언젠가 시저를 내보내줄 테요."

루이자는 둘이 완전히 살림을 합하고 나면 조가 틀림없이 시저를 풀어줘버릴 것 같아 불안했다. 루이자는 시저가 무방비 상태로 평화로운 마을을 휘젓고 다니는 장면을 상상해보았다. 무고한 아이들이 길에서 피를 흘리게 될지도 몰랐다. 죽은 오빠가 키우던 개여서, 그리고 자기에게 항상 다정한 개여서 루이자는 시저를 좋아했다. 다른 사람에게는 시저 가까이 가지 말라고 경고했지만, 스스로는 시저의 사나움이 잘 통제된다고 믿었다. 적당한 양의 옥수수 죽과 케이크를 먹였고, 시저의 위험한 성질을 돋우지 않으려고 피가 뚝뚝 떨어지는 것은 고사하고 가열한 살코기와 뼈도 주지 않았다.

루이자는 여느 때처럼 시저의 끼니를 챙기며 결혼이 다가오고 있다는 사실에 몸을 떨었다. 달콤한 평화와 조화 대신 전반적인 무질서와 혼란이 올 것이다. 시저는 사방을 휘젓고 돌아다닐 테고, 작고 노란 카나리아는 자유롭게 날지 못할 것이다. 루이자는 이런 예측만으로도 머리털이 곤두서곤 했다. 조 대깃은 루이자를 매우 좋아하고 그 오랜 세월 루이자만을 바라봤다. 무슨 일이 있어도 그의 마음을 아프게 하는 건 옳지 않았다. 별 수 없이 루이자는 웨딩 드레스를 한 땀 한 땀 수놓았고, 시간은 어김없이 흘러 이제 결혼식이 한 주 앞으로 다가왔다.

어느새 화요일이었다. 그날 밤에는 보름달이 떠 대낮같이 밝았다. 아홉 시경 루이자는 한가로이 밤 산책에 나섰다. 양편 낮은 돌담 옆으로 추수를 앞둔 들판이 펼쳐져 있었다. 담 주변에는 무성한 덤불과 야생 체리와 오래된 사과나무 등이 있었다. 루이자 는 돌담에 앉아 슬픔에 잠긴 채 주변을 둘러보았다. 키 큰 블루베리와 조팝나무 덤불이 엉겨 블랙베리 와 밀나무 덩굴을 타고 올라가, 어느 쪽에서도 루이 자의 모습은 보이지 않았다. 반대로 루이자 쪽에서 는 나무 틈새로 바깥이 잘 보였다.

길 맞은편에는 나무가 우거져 있었다. 나무의 큰 가지 사이로 달빛이 비쳐 잎들이 은빛으로 반짝거 렸다. 길은 반사된 빛으로 어지럽게 일렁였다. 신비 로울 정도로 달콤한 향내가 대기에 가득했다. "머루 향긴가?" 루이자가 중얼거렸다. 한참 그곳에 앉아 있다 이제 그만 일어날까 하는데 발자국과 사람의 낮은 말소리가 들렸다. 주변이 워낙 조용해서 루이 자는 저도 모르게 주눅이 들었다. 루이자는 잠시 어 두운 곳에 몸을 숨긴 채 발자국과 말소리의 주인공들이 지나가기를 기다려야겠다고 생각했다.

그러나 그들이 루이자 앞을 통과하기 직전에 발소리가 뚝 그쳤다. 루이자는 그들이 돌담 위에 자리를 잡고 앉은 거라고 이해했다. 혹시 그들에게 들키지 않고 달아날 방법이 없을까 고민하는데, 목소리가 정적을 깼다. 루이자는 잠자코 대화를 들을 수밖에 없었다.

큰 한숨을 동반한 목소리가 루이자의 귀에 굉장히 익숙했다. "음, 그렇다면 이미 마음을 정했단 말인가요?" 조 대깃이었다.

"네. 모레 떠날 거예요." 다른 목소리가 대답했다.

'저건 릴리 다이언데.' 루이자는 속으로 생각했다. 왠지 마음속 깊이 새겨진 목소리였다. 루이자는 눈을 들어 목소리의 주인공을 보았다. 키 크고 몸매는 풍만했으며, 그러잖아도 단아하고 고운 얼굴이 달빛을 받아 한층 회고 고왔고, 노란 머리를 단정하게 땋아 내린 아가씨였다. 차분하고 꾸밈없지만, 강단 있고 생기 넘쳤으며, 왕녀에게 있음직한 위풍당당함도 느껴졌다. 릴리 다이어는 마을 사람들이 아주 좋아하는 인물이었다. 한마디로 사람들의 감탄을 자아내는 자질을 가지고 있었다. 릴리는 행실이 바르고 외모도 훌륭하며 영리했다. 루이자는 사람들이 릴리를 칭찬하는 소리를 자주 들었다.

"흠, 무슨 말을 해야 할지 모르겠어요." 조 대깃이 말했다.

"당신이 무슨 말을 할 수 있겠어요." 릴리 다이어의 반응이었다.

"무슨 말을 해야 할지." 조가 똑같은 말만 힘겹게 내뱉었다. 그리고는 정적이 흘렀다. 마침내 조가 다시 입을 열었다. "어제 일어난 일, 난 전혀 미안하지 않아요. 우린 그저 서로에게 느끼는 감정을 털어내놓은 것뿐이에요. 알게 되어 오히려 다행입니다. 물론 그렇다고 내가 달리 어떻게 할 수는 없지만…. 난 다음 주에 결혼해요. 나를 14년이나 기다려준 여인의 마음을 아프게 할 순 없어요."

"만약 당신이 당장 그녀를 버린다 해도 난 당신한테 가지 않아요." 여자가 단호한 어조로 소리 높여 말했다.

"난 당신한테 여지를 주지 않을 겁니다. 당신도

마찬가질 거고요."

"내가 그러지 않으리란 걸 당신도 알 거예요. 사람에겐 명예와 옳고 그름이 중요해요. 어떤 여자도 그것들을 무시하는 남자를 원하지 않아요. 당신도 그걸 알게 될 거예요, 조 대깃."

"내가 그런 남자가 아니라는 걸 당신도 알게 될 거예요." 조 대깃이 비슷한 말을 되돌려주었다. 마치 서로에게 화난 것 같은 목소리였다. 루이자는 주의 깊게 그들의 말을 새겼다.

"떠나야 할 것 같다고 했는데. 그게 최선인지는 모르겠군요." 조가 말했다.

"당연히 그게 최선이죠. 난 당신과 내가 상식 있는 사람이면 좋겠어요."

"당신 말이 맞는 것 같아요." 갑자기 조의 목소리가 한결 부드러워졌다. "릴리, 난 당신 없이도 그럭저럭 지낼 거예요. 하지만 당신이 내 생각조차 안 할 거라 생각하면 견딜 수가 없어요."

"결혼한 남자에게 집착하면 안 되는 거잖아요."

"안 그래야죠. 암, 당신이 그러지 않기를 바라요. 하느님은 내 마음을 아시겠지. 그리고 언젠간 당신도 다른 사람을 만나기를…."

"안 그럴 이유가 없죠." 갑자기 릴리의 말투가 변했다. 릴리는 부드럽고 분명하게, 길 건너편에서도 들릴 만큼 큰 목소리로 말했다. "아뇨, 조 대깃. 나는 살아 있는 동안 다른 누구와도 결혼하지 않을 거예요. 난 나를 잘 알아요. 다시는 이런 일로 마음 아프거나, 바보 같은 짓 하지 않을 거예요. 그러니 결혼도 안 할 거예요. 당신도 그건 알아줘요. 이런 감정을 두 번 겪을 사람은 못 돼요, 내가."

덤불 너머로 한탄이 들려오더니 곧 자리에서 일어나려는 듯한 부드러운 소동이 일었다. 릴리가 말했다. "이제 그만해요. 여기 너무 오래 있었어요. 나 집에 갈래요."

루이자는 멀어져가는 그들의 발소리를 들으며 망연히 그곳에 앉아 있었다. 한참 후 일어나 천천히 집으로 걸어갔다.

다음 날, 이제는 숨 쉬는 것처럼 자연스럽게 꼭 해야 할 집안일들을 착착 진행했지만, 웨딩 드레스 바느질은 하지 않았다. 루이자는 창가에 앉아 한참 생각에 잠겼다.

저녁에 조가 왔다. 루이자 엘리스는 여태 자기가 수완 있는 사람이라 여기지 않았지만, 그날 곰곰이 생각해보니 자신의 자질 중에 미약하나마 그런 힘이 있을지도 모른다는 자각이 들었다. 지금도 루이자는 전날 밤 자기가 제대로 들은 게 맞는지, 만약 자기 쪽에서 약혼을 깨면 조가 심하게 상처 입지는 않을지, 자신이 없었다. 루이자는 그 문제에 관한 한 자신의 경향성을 너무 빨리 드러내지 않고 얘기할 수 있기를 바랐다. 결국 루이자는 성공적으로 그 일을 해냈고, 둘은 마침내 서로를 양해하게 되었다. 물론 조 대깃은 루이자뿐 아니라 자신을 배신하는 것도 두려워했으므로 쉬운 일이 아니었다.

루이자는 릴리 다이어를 전혀 언급하지 않았다. 그저 조 대깃에게 딱히 불만은 없지만, 자기만의 방식으로 너무 오래 살아서 그걸 바꾸기가 몹시 두렵다고만 말했다.

"아, 루이자, 솔직히 나도 이런 식이 더 좋을지 모른다고 생각하긴 했어요. 하지만 당신이 원한다면 나는 죽는 날까지 당신과 함께할 겁니다. 당신도 그건 알아줬으면 좋겠어요."

"네, 알아요."

그날 밤 루이자와 조는 이전보다 더 부드럽게 헤어졌다. 문간에서 서로의 손을 잡고 있자니 여러 후회스러운 기억들이 거대한 파도처럼 그들을 덮쳤다.

"이렇게 끝나리라곤 상상도 못했어요, 그렇지 않나요, 루이자?" 조가 말했다.

루이자가 고개를 끄덕였다. 잔잔한 얼굴에 약간의 동요가 일었다.

"혹시 내가 당신을 위해 해줄 수 있는 일이 있다면 언제든 알려줘요. 루이자, 난 당신을 결코 잊지 않을 거예요." 그러고는 루이자에게 키스하고 길을 내려갔다.

그날 밤 철저히 혼자가 된 루이자는 조금 울었지만, 이유는 알 수 없었다. 다음날 아침 눈을 뜨자 루이자는 자신이 영토를 뺏길까봐 노심초사하다 마침내 안전하게 되찾은 국왕이 된 듯한 기분이었다.

이제 키 큰 잡초가 시저의 작은 집을 휘감아도 되고, 눈이 끊임없이 개집 지붕에 떨어져도 되며, 시저가 무방비 상태로 마을을 어슬렁거리지 않아도 됐다. 작은 카나리아도 새장을 위협하는 공포에 깨어 푸덕거릴 필요 없이 밤마다 보금자리 안에서 평화로이 잠들 수 있었다. 루이자는 그날 해야 할 일의 리스트대로 바느질을 하고, 장미꽃을 증류하고, 집안을 쓸고 닦고, 라벤더 향이 나는 서랍에 옷가지를 정리 정돈할 수 있었다.

그날 오후 바느질감을 들고 창가에 앉은 루이자는 세상에 다시없는 평화를 느꼈다. 키 크고 허리가 꼿꼿하며 혈색 좋은 릴리 다이어가 창밖을 지나갔지만, 루이자는 전혀 꺼림칙하지 않았다.

루이자 엘리스가 자기만의 권리를 팔아버렸거나 자기가 누리는 유일한 만족이 흔들림 없이 계속 유지됐다면, 지금도 그것의 가치를 전혀 몰랐을 것이다. 평온과 평안은 이제 그 자체로 루이자의 특권이 되어 있었다. 루이자는 하루하루가 묵주 알처럼 똑같은 모습으로 부드럽고 흠 없고 순수하게 오랫동안 계속될 것을 믿어 의심치 않았다. 감사함으로 마음이 벅차올랐다.

몹시 더운 여름 오후였다. 남자들과 새들과 벌들이 추수를 향해 박차를 가하는 소리가 들려왔다. 서로 크게 부르는 소리, 쇠붙이가 철렁거리는 소리, 다정한 말소리, 긴 콧노래 소리도 섞여들었다. 루이자는 세속과 격리되지는 않았으나 수녀처럼 살아갈 앞으로의 날들을 그리며 기도하듯 창가에 앉아 있었다.

엇나간 선행

A Mistaken Charity

　큰길에서 조금 떨어진 오솔길을 따라 걸어가면 세파에 찌든 작고 낮은 오두막이 초록 벌판에 위태롭게 서 있었고, 거기에 두 노파가 살았다. 지금 한 명은 양철 팬과 녹슨 칼을 들고 키 작은 새순 사이에서 민들레 어린잎을 따고 있고, 다른 한 명은 문간 계단에 앉아 다른 노파를 지켜보고 있었다. 아니, 지켜보는 것 같은 모습이었다.

　"해리어, 거기 많아?" 문간에 앉은 노파가 물었다. 노파는 '해리엇'의 마지막 음절을 뭉개 발음했고, 목소리는 이상할 정도로 힘없이 갈라져 나왔다.

단어의 배열과 높아지는 억양에서 노파가 뭔가를 간절히 알고 싶어 한다는 게 느껴졌다. 노파의 가느다랗게 떨리는 목소리는 어둠 속을 손으로 더듬듯 공기 중에 퍼져나갔다. 사람들은 그 목소리와 태도에서 노파가 앞을 못 본다는 걸 알 수 있었다.

풀밭에 무릎을 대고 앉아 민들레를 찾고 있는 노파는 대답하지 않았다. 사실 질문을 듣지도 못했다. 문간에 앉은 노파가 잠시 대답을 기다리다 말고 질문을 약간 달리해서 목소리를 한층 높여 다시 물었다.

"해리어, 많은 것 같아?"

이번에는 풀밭에 있던 노파가 그 소리를 들었다. 노파는 천천히 몸을 일으켰다. 관절염으로 고통받는 늙은 근육을 펴는 게 보통 큰일이 아니었다. 노파는 양철 팬에 가득 쌓인 민들레를 손으로 꾹꾹 눌렀다.

"음, 글쎄, 샬럿." 노파가 쉰 목소리로 대답했다. "많긴 한데 어떨지 모르겠어. 단지에 넣으면 숨이 푹 죽어버리니까. 이젠 무릎이 아파 더는 못 캐겠다."

"해리어, 나도 도울 수 있으면 좋을 텐데." 문간에 앉은 노파가 말했다.

그러나 이번에도 상대 노파는 듣지 못했다. 다시 풀밭에 무릎을 대고 앉아 열심히 민들레를 캐고 있었다.

문간에 앉은 노파는 이제 무릎에 쭈글쭈글한 작은 손을 얹은 채 불어오는 부드러운 봄바람을 얼굴에 맞으며 잠자코 앉아 있었다.

낡은 나무 계단은 아래로 푹 꺼져 있었고, 집 전체도 마치 무덤으로 들어가듯 땅으로 주저앉아 잡초에 섞여 곰팡이가 슬고 있었다.

해리엇 섀턱이 귀가 먹고 관절염이 생겨 재단사 일을 그만두고, 샬럿 섀턱이 시력을 잃어 더 이상 생계를 위한 바느질을 못하게 됐을 때, 두 사람이 태어나 평생을 살아온 작은 집의 주인은 일종의 자선 사업이라 생각하고 세나 이자 한 푼 없이 그 집을 두 노파에게 빌려주었다. 집주인은 숲속 썩어가는 나무에 다람쥐가 붙어 산다고 세를 물리지 않는 것처럼, 노파들을 그 집에 그냥 살게 하고 평판을 얻는 편이 낫다고 여겼다.

그 작은 거주지는 너무 오래됐고, 위태위태할 정도로 썩어 내려앉았으며, 꽤 오랫동안 유지 관리가 되지 않아 집이라 부르기도 민망한 상태였다. 비나 눈이 방으로 샜고, 지붕에는 좀이 슬고 이끼가 자랐으며, 처마 밑에는 새들이 둥지를 쳤다. 자연이 인간의 작품을 지우고 득세한 지 오래라, 이제 집은 오래된 나무 등걸 같은 자연 유물로 보일 지경이었다.

섀턱 자매는 평생 평범하고 가난하게 살았다. 두 사람을 가리켜 우아하다거나 교양 있다거나 야망이 크다고 묘사하기란 불가능했다. 그들은 늘 가난했고 삶은 힘겨웠다. 아버지와, 아버지의 아버지 역시 그 낡고 작은 집에서 겨우 생계를 유지하며 단순하게 살다, 죽을 때가 되어 죽었다. 어머니 역시 다르지 않았고, 이제 두 딸도 같은 운명에 내던져졌다.

부모님이 사망한 후에도 해리엇과 샬럿은 어릴 때부터 허리가 꼬부라질 때까지 살았던 그 낡은 거처밖에 갈 곳이 없었다. 그러나 그들에게는 머리를 가릴 지붕이 있고, 등을 널 바닥이 있으며, 입에 풀칠을 할 수 있으면 족했다.

두 노파는 연인이 있어본 적이 없었고, 늘 이성을

끌어당기기보다는 배척했다. 단지 그들이 가난하고 평범하고 매력이 없기 때문만은 아니었다. 주변에는 그럭저럭 어울릴 만한 하자 많은 남자들이 많았다. 해리엇은 어렸을 때부터 무례할 정도로 무뚝뚝하고 반항적이어서 소심하게 마음을 표현하는 남자들을 실망시켰다. 샬럿은 너무 특이해서 누군가를 마음에 두기 어렵다는 평을 들었다.

왕년에 해리엇은 원시적인 시골 방식으로 집집마다 돌아다니며 재단 일을 했고, 샬럿은 이웃에서 일감을 받아 소소한 바느질과 수선을 했다. 그들은 일에서 오는 일시적인 걱정이나 지불금에 대한 압박이 없으면 대체로 행복하고 만족했다. 단, 그런 행복과 만족은 야망이 충족된 데서 오는 게 아니라 야망 자체가 없어서 가능한 일이었다. 해리엇은 손재간이 있어 일을 빨리 잘 쳐냈기 때문에 적어도 자매가 좋아하는 것들은 부족함 없이 누리는 편이었다. 비록 이끼가 끼고 낡았지만 지붕이 있어 그럭저럭 눈비를 막아주었고, 그들이 좋아하는 거칠지만 정성이 가득 담긴 음식이 끼니마다 식탁에 차려졌으며, 싸지만 따뜻하고 질긴 옷도 몇 벌 있었다.

샬럿이 시력을 잃고 해리엇이 류머티즘열에 걸려 그나마 비축해둔 돈을 의사에게 다 갖다 바친 후로, 힘들다는 얘기를 하지는 않았지만 두 노파는 하루하루 살아가기가 몹시 버거웠다.

다행히도 집주인이 아무 조건 없이 집을 빌려주었고, 주변에서 농사짓는 다정하고 좋은 이웃들이 생계를 도왔다. 어떤 이는 수확물 중 사과 한 박스를, 어떤 사람은 토마토를, 또 더러는 땔감용 나무를 가난한 두 노파에게 기부했고, 농부의 아내들은 버터나 신선한 달걀, 먹음직스러운 돼지고기 등을 가지고 좁은 오솔길을 부지런히 오갔다.

이 외에도 집 뒤에는 까치밥나무와 구스베리 덤불이 뒤엉킨 작은 채마밭이 있었는데, 해리엇은 거기서 매년 길러내는 호박 몇 덩이를 삶의 자부심으로 여겼다. 밭 오른편에는 아직 꽤 실한 과실을 생산해내는 오래된 사과나무, 볼드원과 포터가 있었다.

가난한 두 늙은 영혼이 호박과 사과와 까치밥나무 열매에서 느끼는 기쁨은 이루 말할 수 없을 정도였다. 그것들은 두 노파의 생계에 큰 도움을 줄 뿐 아니라, 그들이 이 땅과 식물들을 개인적으로 소유한 듯한 느낌을 주었다. 여기서 수확해내는 것들이 비록 맛은 떨어질지언정 (물론 그들은 전혀 그렇다고 생각하지 않았지만) 이웃이 가져다준 어떤 실한 과일보다 두 노파에게는 훨씬 큰 의미가 있었다.

오늘 아침 사과나무 두 그루에는 꽃이 만발했고, 까치밥나무 덤불은 더없이 싱싱했으며, 바닥에는 호박씨들이 널려 있었다. 해리엇은 힘들게 민들레 어린잎들을 따면서 수시로 그 쪽으로 사랑스러운 눈길을 보냈다. 해리엇은 얼굴이 크고 주름이 자글자글한 데다 사각턱에는 수염이 거뭇거뭇했으며, 키가 작고 땅딸막했다.

양철 팬이 가늘고 긴 어린잎들로 꽉 차자 해리엇은 문간으로 다리를 절며 휘청휘청 걸어갔다. 그때 어떤 여자가 바구니를 들고 샬럿 앞에 서 있는 게 보였다.

"안녕하세요, 해리엇." 여자가 가까이 다가서며 크고 거침없는 말투로 말했다. "도넛을 좀 튀겼는데, 따뜻할 때 먹으면 좋을 것 같아 가져왔어요."

"내가 정말 고맙다고 인사하는 중이었어." 샬럿

이 해리엇의 발소리가 나는 곳을 향해 앞이 보이지 않는 얼굴을 불안한 듯 주억거려가며 삑삑 소리를 냈다.

해리엇은 퉁명스럽게 "안녕, 시몬즈 부인."이라고만 말했다. 그러고는 시몬즈 부인에게서 바구니를 받아든 다음, 위에 덮인 수건을 들추고 도넛 하나를 골라 일부러 맛을 보았다.

"딱딱해. 내 이럴 줄 알았지. 내가 세상에서 젤 싫어하는 게 바로 딱딱한 도넛이야." 해리엇이 말했다.

"해리어!" 샬럿이 놀라서 소리 질렀다.

"딱딱한데 어쩌라고. 딱딱한 도넛보다 더 싫은 건 없어." 해리엇이 쉰 목소리로 저항하듯 말했다.

기껏 마음을 내 가져온 음식에 시큰둥한 반응을 보여도 여자는 웃기만 했다. 꽤 살집이 있고, 얼굴이 둥글고 불그레하며 야무져 보였다.

"아휴, 해리엇. 도넛이 딱딱해서 미안해요. 그래도 쟁반에 옮겨두고 내 바구니는 좀 돌려주는 게 어때요? 딱딱하면 두세 개 정도만 먹으면 되지 않을까요?" 여자가 여전히 생글생글 웃으며 말했다.

"그냥 딱딱한 게 아니라, 오지게 딱딱해." 해리엇이 고집스럽게 말하면서 바구니를 안으로 들고 들어가 내용물을 비운 다음 가지고 나왔다.

"그저께 비가 엄청나게 왔는데 지붕 새지 않았어요?" 방문객이 빈 바구니를 들고 나가려다 말고 이끼 덮인 지붕널을 미심쩍은 듯 올려다보며 말했다.

"끔찍했지." 해리엇이 짜증을 섞어 대답했다. "아주 끔찍했어. 여기저기 양동이와 냄비를 가져다 놓고, 침대는 딴데로 옮겨놨었어."

"업턴 씨가 손 좀 봐야겠네요."

"고칠 필요 없어. 오래된 지붕이라 새 널 까는 데 맞는 못이 없을 거야. 망치질하면 머리에 찌꺼기도 떨어질 테고." 해리엇이 냉정하게 말했다.

"하긴, 고칠 수 있을지 모르겠네요. 너무 오래돼서. 창문과 문으로도 바람이 엄청 불어닥쳤을 텐데요."

"종이 한 장을 사이에 두고 사람과 비바람이 싸우는 것 같았지." 해리엇이 머리를 홱 돌리며 말했다.

"나이 들어서는 좀 편한 집에 살아야 하는데." 방

문객이 생각에 잠긴 듯 말했다.

"아냐, 충분히 좋아." 해리엇이 깜짝 놀라 아까와 전혀 다른 투로 말했다. 여자의 말에 갑자기 두려운 생각이 들었던 것이다. "이 집은 낡았지만 샬럿이나 나보다 더 오래 버틸 거야. 비가 와봤자 그렇게 심하지는 않고, 바람도 마찬가지야. 우리 둘이 문과 창문을 피해 젖지 않고 있을 공간은 충분해. 경치도 좋고." 해리엇이 쭈글쭈글하고 네모난 얼굴로 마지막 말을 하면서 우려 섞인 얼굴로 여자를 바라보았다.

"아, 그렇게 생각하는 줄은 몰랐네요." 여자가 다정한 말투로 서둘러 말했다. "해리엇, 어떤 생각을 하고 있는지 우리가 다 알아요. 우리에게 나눠먹을 빵이 있는 한, 아무도 당신과 샬럿을 '사랑의 집'에 가게 하지 않을 거예요."

해리엇의 얼굴이 환해졌다. "고마워, 시몬즈 부인." 해리엇이 억지로 예의를 갖춰 말했다. "부인과 이웃들에게 우리가 큰 빚을 지고 있어. 저 도넛 딱딱해도 조금씩 녹여 먹으면 돼." 해리엇이 오솔길을 걸어 내려가는 방문객의 등에 대고 달래듯 말했다.

"있잖아, 해리어." 샬럿이 초췌한 얼굴을 힘없이 들어올리며 말했다. "왜 도넛이 딱딱하다고 말했어?"

"샬럿, 넌 사람들이 먹을 걸 가져다준다고 우리를 거지나 쓸모없는 인간으로 깔봤으면 좋겠어?" 해리엇이 동생의 희미하고 온화한 얼굴을 엄한 눈으로 바라보았다.

"아니, 해리어." 샬럿이 작은 목소리로 말했다.

"'사랑의 집'에 가고 싶어?"

"아니, 해리어." 문간에 앉은 작고 가련한 노파가 언니의 다그침에 몸을 웅크렸다.

"그럼 내가 사람들한테 도넛이 딱딱하다거나 감자가 형편없다고 말해도 다시는 나서지 마. 내가 계속 그런 식으로 세게 나가야 우리도 초라하지 않고 사람들도 우리를 업신여기지 않는 거야. 그리고 '사랑의 집'에도 안 보낼 거고. 내가 말랑말랑하게 굴었으면 우린 진즉에 거기 갔을 거야. 명심해."

샬럿이 순순히 납득하는 것 같아 보이자, 해리엇은 문간에 놓인 의자에 앉아 민들레를 다듬기 시작했다.

"해리어, 많이 캤어?" 샬럿이 풀죽은 목소리로 물었다.

"그럭저럭."

"그거 어제 만 부인이 가져온 돼지고기랑 같이 먹으면 좋겠다. 오, 해리어. 빛이 보여!"

해리엇이 코웃음을 쳤다.

샬럿의 예민한 귀는 언니의 작은 코웃음도 놓치지 않았다. 샬럿이 도넛 때와는 다른 태도로 고집스럽게 투덜거렸다. "언니도 나처럼 앞이 보이지 않으면, 저런 빛을 본다고 비웃거나 무시하진 못할 거야. 오늘 아침에 문간에 앉았을 때만 해도 보이지 않던 빛이 작은 구멍으로 갑자기 새어나오는 게 느껴져. 그러곤 사과 향을 실은 바람이 얼굴에 와닿고, 시몬즈 부인이 뜨거운 도넛을 가져오고, 내가 돼지고기와 채소를 먹고 싶다고 생각하면, 오 하느님, 빛이 비쳐 들어와! 오! 해리어, 언니도 앞이 안 보이면 정말 빛이 있다는 걸 느낄 수 있을 거야."

앞이 보이지 않는 샬럿의 눈에서 기쁨의 눈물이 차오르더니 늙고 창백한 뺨으로 흘러내렸다.

해리엇이 엄한 얼굴을 풀고 샬럿을 바라보았다.

"알았어, 샬럿, 원한다면 얼마든지 갈라진 틈으로 새어 들어오는 빛을 느껴. 누가 뭐래?"

"정말 빛은 존재한다니까, 해리어."

"그래, 그럼 빛이 있다 치자. 난 서둘러야겠어, 안 그럼 식사 때 맞춰 이거 먹지도 못하겠다."

두 노파는 그 순간 가혹한 운명의 그림자가 서서히 그러나 분명히 그들의 삶을 잠식하고 있다는 걸 감히 상상도 못한 채 작은 주방에 마주앉아 돼지고기와 민들레 어린잎으로 흡족하게 식사를 즐겼다. 식사를 거의 다 마쳤을 때조차 이제 그 집에서 끼니를 챙길 날이 얼마 남지 않게 되리란 걸 몰랐다.

그날로부터 일주일 정도 지나 두 노파는 인근 도시에 있는 여성 전용 양로원에 가게 됐다.

그 일은 이런 식으로 진행됐다. 뜨거운 도넛을 선물로 가져갔던 시몬즈 부인은 똑똑하고 원기 왕성한 데다 선행을 좋아해서 실제로도 좋은 일을 많이 하는 사람이었다. 부인은 늘 자기 방식이 옳다고 믿었고, 고수했다. 뜨거운 도넛을 가져가야겠다고 생각하면 반드시 그걸 가져가는 식이었다. 선행을 받을 상대가 도넛 말고 쿠키를 좋아할 수 있다는 건

고려 사항이 아니었다. 어쨌든 많은 사람들이 뜨거운 도넛을 좋아하니 그거면 충분하다는 생각으로 선행을 베풀었다.

부인에게는 훌륭한 조력자가 있었으니, 돈 많고 아이는 없는 늙은 과부였다. 둘은 힘을 합해 좋은 일을 꽤 많이 했다. 과부가 돈을 제공하고, 둘 중에 머리가 더 잘 돌아가는 시몬즈 부인이 구체적인 계획을 세우는 식으로 역할을 분담했다.

도넛 사건 다음날 오후, 시몬즈 부인은 새로운 계획을 가지고 과부에게 갔다. 그 결과 둘이 비용을 지불해서 해리엇과 샬럿에게 여생을 편히 지낼 편안한 공간을 제공하기로 결정했던 것이다.

과부는 선교사 위원회와 자선 단체 이사들과 잘 알고 지냈다. 덕분에 그해 여름 전례없던 '사랑의 집'의 사망률로 '집'에 자리가 여러 개 비었다는 정보를 입수했고, 해리엇과 샬럿의 입소가 일사천리로 진행되었다.

그러나 신과 과부와 시몬즈 부인이 내리는 시혜를 두 노파가 받아들이게 만드는 일은 당초 예상과는 달리 무척 어려웠다. 두 노파는 위태롭고 낡은 집을 버리고 더 나은 곳으로 갈 생각이 눈곱만치도 없었다.

과부는 놀라움을 억눌러가며 노파들에게 간청했고, 시몬즈 부인은 선행이란 자고로 물러섬 없이 단호하게 진행돼야 한다는 주장을 폈다. 상담가의 조언과 목사의 달변이 총동원되었다. 결국 두 노파는 한 발 물러서 제안을 받아들이기로 했지만, 가치 있는 선행의 수혜자들은 슬프기만 했다.

그 '집'은 이름 그대로 여느 빈민 구호소와 달리 정이 넘치고, 두 노파가 살면서 부족하다 느낀 것들이 적절히 제공될 것이며, 거기 가기만 하면 해리엇은 상황이 좋아지는 걸 금세 뼈저리게 느낄 거라고, 샬럿도 한결 살기가 편해지리라 귀에 딱지가 앉을 만큼 들었다.

마침내 집을 떠나는 날 아침, 샬럿은 서럽게 울면서 작고 연약한 몸을 사정없이 떨었다. 해리엇은 울지 않았다. 샬럿이 쓰러져가는 낮은 문을 통과해 밖으로 나간 후, 해리엇은 자물쇠를 잠근 다음 무언가 단호한 결심을 한 것처럼 머리를 세차게 흔들며 열쇠를 주머니에 슬쩍 집어넣었다.

그들을 역까지 데려다주기로 한 시몬즈 부인의 남편은 자기 부인의 일방적인 선행이 못마땅한지 안절부절못했다. 그러면서도 마지못해 두 노파를 자신의 마차에 태웠고, 옷가지가 든 작고 낡은 상자를 뒷자리에 밀어넣었다.

시몬즈 부인과 과부, 목사, 그리고 그들을 담당할 '사랑의 집' 직원이 성공적인 자선 행위를 자축하듯 환히 웃으며 기다리고 있었다. 그러나 가련한 두 노파는 그들에 둘러싸인 무력한 죄수들처럼 보였다. 마치 '받는 것보다 주는 게 더 행복하다'는 속담의 진실을 인상적으로 보여주는 삽화 같았다.

해리엇과 샬럿 새턱은 괴롭지만 어쩔 수 없이 '사랑의 집'으로 끌려갔다. 그들은 거기서 두 달을 머문 다음 도망쳤다.

'집'은 편안했고 여러 면에서 고급스럽기까지 했다. 그러나 불행하고 비협조적인 두 노파에겐 전혀 어울리지 않았다.

음식은 그들이 늘 먹던 것들보다 종류가 훨씬 다양하고 맛있었다. 그러나 그 '집'이 자랑해 마지않는 맛이 깊고 영양도 풍부한 수프조차 평범하다 못해 거친 이전 음식에 길들여진 두 노파의 구미에는 맞지 않았다.

"오! 해리어. 여기 테이블에 앉아 있을 땐 빛이 전혀 느껴지지 않아. 배추나, 채소에 싼 돼지고기를 먹으면 빛이 느껴질 텐데!' 샬럿이 자주 하는 말이었다.

옷 입는 데도 제약이 따랐다. 그들에게 옷은 깨끗하기만 하면 그만인데, 거기서는 그 이상이 요구되었다. 마음이 비단결 같은 과부가 모든 비용을 댔고, '집'을 책임지는 성실한 직원들이 과부가 요구하는 바를 성심성의껏 맞춰주었다.

그러나 어떤 것도 이 본데없는 두 노파를 새 모습으로 탈바꿈시키지 못했다. 그들은 흰 레이스가 달린 모자와 장식 달린 보드라운 칼라를 순순히 받아들이지 않았다. 두 노파는 그저 검은색 새 캐시미어 드레스면 충분했고, 매일 오후에 그걸 입는 것만도 과분하다고 여겼다. 옛집에서는 항상 옥양목에 긴 앞치마를 입었는데, 지금도 그걸 입고 싶었다. 전처럼 머리에 아무것도 쓰지 않고, 머리를 뒤로 쪽 지은 다음 성긴 타래로 꼬아 올리고 싶었다.

희고 단정한 모자를 쓴 샬럿은 초라해 보였고, 해리엇은 심지어 초라하면서 우스꽝스러워 보였다. 그들은 주변과 철저히 겉돌았고, 스스로도 그걸 뼈저리게 느꼈다. 어떤 친절과 관심도 그들이 새 '집'을 받아들이는 데 도움이 되지 못했다. 샬럿은 언니에게 옛집으로 돌아가자, 보채고 또 보챘다.

"오! 해리어." 샬럿은 전에 하던 말버릇대로 수시로 해리엇을 '오! 해리어'라고 불렀는데 '집'에서는 그걸 탐탁찮아 했고, 샬럿은 이유도 모른 채 다른 사람들의 미움을 샀다. "우리 집에 가자. 나는 도저히 여기서는 못 살겠어. 난 여기 음식도 싫고, 모자도 쓰기 싫어. 집에 가서 전에 하던 대로 살고 싶어. 오! 해리어, 지금 까치밥나무는 열매를 맺었을 거야. 그 생각을 하면 빛이 느껴져. 나 그 열매 먹고 싶어. 사과도 익어갈 텐데, 우리 애플파이 만들어야 하잖아. 여긴 안 좋아. 나 달달한 거 먹고 싶어. 우리 진짜 못 돌아가? 멀지도 않잖아. 걸어갈 수 있잖아. 우리가 가도 잡으러 오지 않을 거야. 나 여기서 죽기 싫어. 여기서 죽으면 천국에도 못 갈 것 같아. 오! 해리어, 나 여기 온 후로 천국이 머릿속에 그려지지도 않아. 그냥 캄캄지옥이야. 빛이 느껴지지 않아. 나 집에 가고 싶어, 해리어."

"내일 아침에 가자." 마침내 해리엇이 말했다. "우리 물건 싸서 가자. 옛날에 입던 옷 입고, 새 물건은 여기 놔두고 내일 아침에 뒷문으로 몰래 나가자. 내가 길을 찾아볼게. 걸어가면 될 것 같지만, 너무 멀면… 중간에 누군가가 우릴 태워주겠지."

그러고 그들은 갔다. 해리엇은 정색한 얼굴로 그들이 그렇게 성가셔하던 흰 레이스 모자를 침대틀 양쪽 기둥에 매달았다. 맨 먼저 문을 여는 사람이 볼 수 있도록. 그런 다음 꾸러미를 들고 살그머니 '집'을 빠져나와 큰길로 접어들었다.

둘은 손을 맞잡은 채 비틀거렸고, 아이처럼 기뻐하며 탈출 성공을 자축했다. '집'에서는 지금쯤 아마 난리가 났을 거라며 좋아했다.

"오! 해리어, 그 사람들이 모자를 보고 뭐라고 할까?" 샬럿이 신이 나서 키득거리며 소리쳤다.

"누구나 레이스 달린 모자를 쓰고 싶어하는 건 아니란 걸 알게 되겠지." 해리엇이 속도는 안 나지만 씩씩하게 앞으로 나아가며 샬럿처럼 킬킬거리며 대답했다.

다행스럽게도 '집'은 도시에서 멀리 떨어진 곳에 있었다. 만약 도시 한복판을 통과해 탈출해야 했다면 더 힘든 과정이 됐을 터였다. '집'에서는 조금만 걸어도 비교적 한적한 시골길이 나왔다. 이곳에도 아침 열 시까지는 도시를 오가며 일하러 다니는 사람들로 제법 붐볐다.

길에서 만나는 사람들도 걱정했던 것만큼 호기심 어린 눈으로 두 노파를 보지는 않았다. 해리엇이 턱을 빳빳이 쳐들고 지금 무슨 일을 하는지 틀림없이 아는 것 같은 당당한 자세로 걸었으므로, 사람들은 두 노파가 어딘가 이상하다는 자신들의 첫인상을 금세 거둬들였다.

그럼에도 두 노파가 눈에 띄게 피곤해 보이긴 해서 이따금 이 사람 저 사람 유심히 그들을 살피기는 했다. 30분 정도 길을 걷다보니 포장이 쳐진 마차한 대가 옆을 지나갔다. 운전자는 일단 두 사람을 지나친 다음 차에서 고개를 빼내 뒤를 돌아보았다. 급기야 마차를 멈추고 두 노파가 다가올 때까지 기다렸다.

"태워드릴까요?" 남자가 의아하고 안됐다는 표정으로 말했다.

"고맙수. 우리에게 구세주 같은 분이시구려." 해리엇이 말했다.

남자가 두 노파를 마차 뒷자리에 타도록 도와준 다음 앞으로 돌아가 천천히 마차를 몰면서 궁금한 듯 뒤를 돌아보며 말했다.

"힘이 없어서 멀리는 못 걸어갈 것 같은데, 도대체 어디까지 가시는 겁니까?"

해리엇이 반발하듯 뭐라고 얘기했다.

"아! 그럼 육십 리나 되는데, 거긴 절대 못 걸어가요. 저는 거기보다는 십 리 가까운 곳에 가는데 조금은 더 가드릴게요. 그래, 어디 다녀오시는 길입니까?"

"도시에 사는 시집간 딸아이한테 갔었더랬수." 해리엇이 침착하게 말했다.

샬럿이 갑자기 침을 삼키며 안절부절못했다.

해리엇은 평생 거짓말을 해본 적이 없었지만, 이번에는 거짓말을 하지 않을 수 없는 인생 최대의 긴급 사태에 봉착한 것 같았다. 해리엇은 될 대로 되라 싶었다. 남자를 속여내지 못하면 그가 바로 마차를 돌려 샬럿과 해리엇을 흰 모자가 있는 '집'으로 데려다놓을지 몰랐다.

"따님이 애초에 이렇게 먼 길로 두 분을 걸어가게 하면 안 되는 거였잖아요. 이분은 동생이십니까? 앞이 안 보이는 것 같은데, 맞지요? 혼자서는 몇 발자국도 제대로 못 걸으실 것 같네요."

"내 동생 맞다우." 해리엇이 힘주어 말했다. "그리고 앞을 못 보지. 내 딸애는 물론 우리를 걸어가게 하지 않으려 했다우. 전들 얼마나 마음이 아프겠수. 하지만 도리가 있어야 말이지. 가난한데다 남편은 죽었고, 조막만한 애들이 넷이나 되거든."

해리엇이 상상 속 딸의 고난을 놀랍도록 생생하게 주워섬겼다. 샬럿이 다시 마른 침을 꿀꺽 삼켰다.

"제가 두 분 옆을 지나간 게 천만다행이었네요. 아무리 봐도 살아서 집에 도착하지 못하실 것 같았어요." 남자가 말했다.

도시에서 이십오 리쯤 갔을 때 지붕 없는 마차가 옆을 잽싸게 스쳐지나갔다. 거기에는 '집'의 책임자와 여자 직원이 타고 있었다. 그들은 노파가 탄 마차를 들여다볼 생각도 하지 않았다. 마침 그런 마차로 여행하는 게 뉴잉글랜드 곳곳에서 유행한 덕분이었다. '집' 직원들은 너무 놀라고 걱정이 됐는지 전속력으로 내달렸다. 두 노파가 마차에 앉아 심술궂게 웃고 있는 것도 모른 채. 해리엇은 직원들이 길 모퉁이로 사라질 때까지 지켜본 다음 샬럿에게 귓속말로 알려주었다.

정오가 조금 지나 두 노파는 들판을 가로지른 다음 옛집으로 이어지는 오솔길을 기다시피 걸어갔다.

"클로버가 우리 무릎만큼 자랐어. 참소리쟁이와 흰 꽃들도 많이 컸네. 노란 나비가 엄청 많아." 해리엇이 말했다.

"오! 해리어, 빛이 보여. 그 안에 노란 나비 한 마리가 날아가." 샬럿이 몸을 사시나무 떨듯 떨었고 머리를 힘차게 끄덕이며 울부짖었다.

해리엇은 낡고 푹 꺼진 문 앞에 서서 의기양양하게 주머니에서 열쇠를 꺼내 자물쇠에 넣고 돌렸다. 샬럿은 그 뒤에 서서 계속 떨고만 있었다.

그들은 안으로 들어갔다. 모든 게 떠났을 때와 똑같았다. 샬럿이 의자에 몸을 던지고 오열하기 시작했다. 해리엇은 창가로 가서 정원을 내다보았다.

"까치밥나무 열매가 익었어. 그리고 호박이 지천에 널렸어."

"오! 해리어, 사방이 빛 천지야!" 샬럿이 흐느껴 울며 말했다.

옮긴이의 말

'얼리퍼플오키드 시리즈'는 이전 세기를 산 여성 작가가 여성의 시각으로 쓴 여성들의 이야기를 묶은 단편집 모음이다. 앞서 케이트 쇼팽이나 이디스 워튼의 작품을 고르며 이렇게 훌륭한 작가들의 글이 고이 묻혀만 있었다는 게 놀랍고 안타까웠다. 물론 기획해서 번역하는 옮긴이 입장으로는 참 감사한 일이긴 하지만.

'메리 윌킨스 프리먼'을 만나고 또 한 번 크게 놀랐다. 이 작가의 이름을 처음 들어봤다는 게 의아했다. 검색해보니 메리 윌킨스 프리먼의 작품이 국내에서는 테마 소설집에만 몇 차례 등장했을 뿐 작가의 이름을 걸고 단독으로 출간된 적은 없었다. 우리나라에만 소개가 덜 된 게 아니라 작가의 본국인 미국에서도 크게 조명받지 못해 안타까움을 표하는 학자들이 있었다. '메리 윌킨스 프리먼'이라는 작가를 국내에 알리고 싶었다.

최근 더욱 뜨겁게 부상하고 있는 '페미니즘'을 두산백과사전에서는 이렇게 정의하고 있다. "여성과 남성의 관계를 살펴보고, 여성이 사회 제도 및 관념에 의해 억압되고 있다는 것을 밝혀내는 여러 가지 사회적·정치적 운동과 이론들을 포괄하는 용어이다. 역사적으로 남성이 사회 활동과 정치 참여를 주도해왔기 때문에, 페미니즘은 여성의 권리를 주장하고 실현하는 것을 목표로 한다." 그리고 1차 페미니즘은 "19세기부터 1950년대까지의 페미니즘 운동과 이론의 발전을 지칭하며, 영국과 미국에서 가장 활발히 일어났다. 19세기에 '여성다움'이 수동성 및 가정의 영역과 결부되어 더욱 억압적인 형태를 띠게 되자 이에 대응하여 발생하게 되었다."라고 했다.

즉 19세기 중반에 태어나 20세기 초반에 세상을 떠난 메리 윌킨스 프리먼은 1차 페미니즘이 성하던 시기의 중심에 있었다. 그래서인지 이 책에 실린 네 작품 모두 지극히 평범하고 개인적인 영역에서 자주적이고 적극적으로 살아간 여성들의 강단 있는 모습이 잘 드러난다.

네 편의 작품 중에서 가장 적극적으로 행동하는 여성은 〈엄마의 반란〉의 주인공이다. 이 단편에서 남편은 가족의 복지에는 전혀 관심이 없고, 돈벌이나 대외적인 모습에만 신경을 쓴다. 늘 참고 인내만 하던 아내는 딸의 결혼을 앞두고 큰 결심을 한다. 남편이 며칠 집을 비우는 사이에 완공을 앞둔 가축용 새 헛간에 세간을 옮겨 사람이 살 공간으로 만들어버린 것이다. 그 일을 단행하기까지 몇 십 년 동안 아내가 겪었을 고통과 망설임과 다짐도 무색하게, 남편은 마지막 장면에서 허무할 정도로 쉽게 아내의 반란을 수긍하고 앞으로 개선할 것을 다짐한다.

작가가 이렇게 결말을 낸 이유는, 쉽게 변하지 않

을 거라고 지레 포기하고 행동하지 않으면 아무것도 얻을 수 없음을 강조하고 싶어서가 아닐까 생각한다. (〈엄마의 반란〉은 유튜브에 'The Revolt of Mother'라는 제목으로 단편 영화가 올라와 있으니 관심 있는 분들은 찾아보셔도 좋겠다. 남편이 아내를 무시하는 행동을 하지만, 그게 결코 잘하는 짓이 아님을 자각하는 듯한 분위기가 풍긴다. 물론 21세기 감독의 시각이 많이 개입된 탓도 있겠지만.)

김연아 선수의 갈라쇼가 연상되어 선뜻 이해가 안 될 수도 있을 〈갈라 드레스〉는 그저 평범한 나들이옷을 의미한다. 궁핍한 환경의 두 자매가 단 한 벌의 나들이옷으로도 초라하지 않게 자존심을 유지해가며 최소한의 바깥 활동을 한다. 중간에 작은 위기를 겪지만 우연한 기회로 극복된다. 두 자매는 자신들을 늘 감시하고 비교의 대상으로 삼고, 불행을 즐겼던 옆집 친구에게 그들이 애지중지하던 나들이옷을 건넴으로써 훌쩍 성장한다.

〈뉴잉글랜드 수녀〉는 메리 윌킨스 프리먼의 단

편 중에서 가장 많이 알려진 작품이다. 지금의 이야기라고 해도 무리가 없을 정도로 결혼을 둘러싼 여성의 심리를 잘 묘사하고 있다. 결혼이 기정 사실로 버티고 있을 때, 결혼을 깨서 받게 될 세간의 비난과 억측을 걱정하지 않을 사람이 과연 얼마나 될까. 그런 상황에서 과단성 있는 결정을 내리고, 그것도 상대를 최대한 배려해가며 자신이 원하는 안온한 삶을 선택하는 주인공의 모습은 정말 숭고하다.

〈엇나간 선행〉은 늙고 병든 두 자매가 비록 편할지언정 본인들이 원하지 않는 도움을 거부하고 주체적으로 살아가려는 의지를 보여준다. 삶이란 결국 다른 사람이 정해놓은 잣대에 맞출 수 없는 것이라고 온몸으로 웅변한다.

메리 윌킨스 프리먼!
메리 윌킨스 프리먼!
메리 윌킨스 프리먼!
너무 늦게 만나 죄송한 마음에 여러 번 불러드려 보았다. 이 정도를 가지고 뭘 그리 용감하고 주체적인 여성인 양 칭송하느냐고 할지도 모르겠다. 그러나 아직도 지구상의 절반이 서로를 이해하지 못하고, 어떻게 어울려 살아야 할지 몰라 갈등을 겪는데, 백 년도 더 전에 각자의 자리에서 목소리를 내준 작가와 소설 속 주인공들에게 경의를 표하고 거울로 삼아야 하지 않을까 싶다. 그리고 오늘의 우리도 작은 일에서부터 힘과 용기를 내보면 어떨까 한다.

작가에 대하여

메리 E. 윌킨스 프리먼(Mary E. Wilkins Freeman)

생애

메리 엘리노어 윌킨스 프리먼(1852년 10월 31일 ~1930년 3월 13일)은 걸출한 미국 작가이다.

프리먼은 1852년 10월 31일에 엘리노어 로스로 프와 워런 에드워드 윌킨스 사이에서 태어났다. 프 리먼의 부모는 정교회 조합교회주의자여서 프리먼 은 아주 엄격한 가정 환경 속에서 자랐다.

1867년에 가족이 버몬트 브래틀버로로 이사했 고, 프리먼은 거기에서 지역 고등학교를 졸업한 뒤

매사추세츠의 사우스 해들리에 있는 마운트 홀리요크 여자 신학교에서 1년 간 공부했다. 나중에 웨스트 브래틀버로의 글렌우드 신학대학에서 교육을 마쳤다. 1873년, 가업인 직물업이 망하자, 가족들은 다시 메사추세츠 랜돌프로 돌아왔다. 3년 후 프리먼의 어머니가 사망하자, 프리먼은 어머니를 기리기 위해 미들네임을 '엘리노어'로 바꿨다.

1883년에 프리먼의 아버지가 사망해 프리먼에게는 직계 가족 하나 남지 않았고, 가진 재산도 거의 없었다. 윌킨스 프리먼은 다시 고향으로 돌아가 친구인 메리 J 웨일스와 함께 살면서 유일한 수입원으로 글쓰기를 시작했다.

1892년에 뉴저지 메터친을 방문하는 동안 프리먼은 일곱 살 연하의 의사, 찰스 매닝 프리먼을 만났다. 둘은 몇 해 동안 교제한 끝에 1902년 1월 1일에 결혼했다. 결혼 직후, '메리 E. 윌킨스 프리먼'으로 이름을 정했고 이후 줄곧 그 이름으로 작품 활동을 했다. 프리먼은 종종 이웃을 풍자적으로 묘사해 책에 실었음에도, 지역에서 이름난 작가로 자리매김했다. 프리먼의 남편은 알코올 중독과 수면 파우더

중독에 시달렸고, 말을 빨리 몰았으며, 여자를 밝혔다. 그러다 트렌튼에 있는 뉴저지 주립 정신병원에 수용되었고, 일 년 후 부부는 법적으로 이혼했다. 남편은 1923년에 죽기 전에 자신의 재산을 거의 다 운전수에게 남기고, 아내인 프리먼에게는 1달러만 주었다.

1926년 4월, 프리먼은 여성 최초로 미국문화예술 아카데미에서 5년에 한 번 가장 뛰어난 미국 소설가에게 수여하는 윌리엄 딘 하우얼스 메달을 받았다.

프리먼은 77세였던 1930년 3월 15일에 심장마비로 메터친에서 사망했다. 뉴저지 시카치 플렌인스에 있는 힐사이드 묘지에 묻혔다.

작품에 영향을 미친 어머니와의 관계

사춘기 때 프리먼은 어머니의 사랑을 갈구하면서도 어머니의 수동적인 방식에 염증을 느껴 엄마가 되는 것을 두려워했다. 어머니가 집안일을 하라고 끊임없이 압박하며 훈육했음에도 프리먼은 싫어하는 부엌일을 하느라 독서를 게을리하지는 않았다. 어머니가 요구하는 '좋은 딸'이 되지 않기 위해 저항하느라 프리먼과 어머니 사이의 긴장감은 커져갔고, 늘 갈등을 겪었다.

해가 갈수록 메리와 동생 애나 사이의 차이도 뚜렷해졌다. 동생 애나는 집안일을 기꺼이 떠맡아 부모님의 기대에 부합한 반면, 메리는 조용히 다른 길을 걷기 시작했다. 그러고는 평생 어머니의 방식에 저항했다. 〈엄마의 반란〉은 실제로 프리먼이 어머니의 삶 중에서 절대로 가치를 둘 수 없었던 방식을 기리기 위해 쓴 것으로 전해진다.

작품 세계

프리먼은 십대 때 이미 가족을 부양하기 위해 아이들을 위한 소설과 시를 쓰기 시작했고, 금세 성공을 거뒀다. 초자연적인 현상에 관심이 많아 현실과 초자연적 현상을 결합한 단편 소설을 많이 썼고, 큰 인기를 얻었다. 프리먼 최고의 작품들은 랜돌프에서 살던 1880년대와 1890년대 때 집필되었다. 그 중 《변변찮은 로맨스 외 (A Humble Romance and Other Stories, 1887)》와 《뉴잉글랜드 수녀 외 (A New England Nun and Other Stories, 1891)》가 가장 유명하다. 이 두 단편집에는 대개 뉴잉글랜드에서의 삶에 관한 이야기가 등장한다. 또한 장편소설 《펨브룩》도 대표작으로 이름을 올렸다.

동화, 시, 단편 등 여러 다양한 장르의 작품을 통해 메리 윌킨스 프리먼은 페미니스트로서의 가치를 내보였다. 전혀 전형적이지 않은 방식으로 글을 썼다. 예를 들어 프리먼은 자신의 여성 캐릭터들을 당시 문학에서 주류를 이뤘던, 약하고 도움이 필요한 존재에서 벗어나 강인하고 주체적인 인물로 그려냈다.

단편 〈뉴잉글랜드 수녀〉의 루이자 같은 캐릭터를 통해 프리먼은 여성의 역할과 가치와 사회적인 관계에 관한 당대의 사상에 도전장을 던졌다. 또한 〈엄마의 반란〉에서는 시골에서 사는 여성들의 고통과, 가족 안에서의 역할을 그렸다. 〈엄마의 반란〉은 시골 여성의 권리에 관한 토론을 이끌어냈으며

나아가 20세기 초반 농장 가족의 구조를 개선하는
데 크게 기여했다는 평가를 받았다.

책읽는고양이

약간의 거리를 둔다
소노 아야코의 에세이. 객관적 행복을 좇느라 지친 영혼을 위로
하는 책으로 '나' 자신을 속박해온 통념으로부터 벗어나 나답게
사는 삶으로 터닝할 수 있도록 이끌어준다. 9900원.

타인은 나를 모른다
작가 소노 아야코가 전하는 '관계로부터 편안해지는 법'. 타인으
로부터의 강요는 물론, 나의 생각을 받아들이지 못하는 상대로
인한 스트레스로부터 편안해지는 기본기를 다져준다. 9900원.

남들처럼 결혼하지 않습니다
소노 아야코의 부부 심리 에세이. 10,900원.

좋은 사람이길 포기하면 편안해지지
사람으로부터 편안해지는 법. 소노 아야코 지음. 11,800원.

알아주든 말든
오히려 실패, 단념, 잘 풀리지 않았던 관계 등등 누구나 꽁꽁 숨
기고 싶어하는 경험들 속에서 인간의 본성과 언행의 본질을 끄
집어냄으로써 나를 직시하게 만든다. 11,200원.

조그맣게 살 거야
외형적 단순함을 넘어 내면까지 비우는 삶을 사는 미니멀 라
이프 예찬론. 진민영 지음. 11,200원.

아버지 가방에 들어가실 뻔
아버지와 함께 떠난 단 한 번의 파리 여행을 계기로, 아버지를
이해하게 되고 나아가 가족 내 상처 치유와 관계 회복은 물론,
20여 년 간 일해온 여행업에서도 다시금 맥락을 잡아가는 기
적과 같은 변화를 담고 있다. 김신 지음. 13,000원.

되찾은 시간

잃어버린 시간을 찾아서 시작한 독립서점 '프루스트의서재'는 단순한 책방이기보다 '나다운 삶'을 실현하는 공간이자 시간이다. 박성민 지음. 13,800원.

내향인입니다

홀로 최고의 시간을 보내는 내향인 이야기. 얕게는 내향성에 대한 소개부터 깊게는 사회가 만들어놓은 많은 정형화된 '좋은 성격'에 대한 여러 가지 회의적 의문을 제기한다. 진민영 지음. 11,800원.

루캣유어셀프 __ 단편소설에서 나 다운 삶을 찾다!

001 개를 키우는 이야기 / 여치 / 급히 고소합니다
다자이 오사무 지음, 김욱 옮김, 5,900원

002 비곗덩어리
기 드 모파상 지음, 최내경 옮김, 5,900원

003 여학생 / 앵두
다자이 오사무 지음, 김욱 옮김, 5,900원

004 갈매기 / 신화 / 수치 / 아버지 / 신랑
다자이 오사무 지음, 김욱 옮김, 7,900원

005 파리에서의 정사 / 쥘 삼촌 / 아버지 / 몽생미셸의 전설
기 드 모파상 지음, 최내경 옮김, 5,900원

006 보석 / 목걸이 / 어떤 정열 / 달빛 / 후회 / 행복 / 첫눈
기 드 모파상 지음, 최내경 옮김, 11,200원

001 한 시간 사이에 일어난 일
최면 / 아내의 편지 / 라일락 / 데지레의 아기 / 바이유 너머
케이트 쇼팽 지음, 이리나 옮김, 7,900원

002 징구
로마의 열병 / 다른 두 사람 / 에이프릴 샤워
이디스 워튼 지음, 이리나 옮김, 9,900원

타산지석 시리즈

"여행은 보이지 않는 지도에서 시작된다."

옮긴이 이라나

외서 기획 및 전문 번역가.
지은 책으로 《당신의 떡볶이로부터》가 있고, 옮긴 책으로는 《징구》, 《한 시간 사이에 일어난 일》, 《애거사 오들리》, 《음식의 위로》, 《일중독자의 여행》, 《화이트 크리스마스 미스터리》, 《미스터리 서점의 크리스마스 이야기》, 《루시 핌의 선택》, 《눈 먼 사랑》, 《줄 살인 사건》 등이 있다.

엄마의 반란 / 갈라 드레스 / 뉴잉글랜스 수녀 / 엇나간 선행

1판 1쇄 인쇄 2020년 10월 5일
1판 1쇄 발행 2020년 10월 15일

지은이 메리 E. 윌킨스 프리먼
옮긴이 이라나
펴낸이 김현정
펴낸곳 책읽는고양이 / 도서출판리수

등록 제4-389호.(2000년 1월 13일)
주소 서울시 성동구 행당로 76 110호
전화 2299-3703
팩스 2282-3152
홈페이지 www. risu. co. kr
이메일 risubook@hanmail. net

ⓒ 2020, 도서출판리수
ISBN 979-11-86274-64-4 03840

※책값은 뒤표지에 있습니다.
※잘못 제본된 책은 바꾸어 드립니다.
※이 도서의 국립중앙도서관 출판시도서목록(CIP)은 서지정보유통지원시스템 홈페이지
(http://seoji. nl. go. kr)와 국가자료공동목록시스템(http://www. nl. go. kr/kolisnet)에
서 이용하실 수 있습니다. (CIP제어번호 : CIP2020041687)